인생에서
정지 버튼을　　　누르고 싶었던
순간들

마이
페이보릿
시퀀스

# 인생에서
# 정지 버튼을　누르고 싶었던
# 순간들

이민주 지음

21세기북스

# 영화를 보다가 잠시 멈추게 되는 순간들

저는 원래 영화에 관심이 없었습니다. 내 삶을 살기도 바쁜데 굳이 두 시간이 넘는 시간을 가만히 앉아 '다른 사람 사는 이야기'에 집중하고 싶지 않았달까요. 그래서 영화관에 간 적도 다섯 손가락 안에 들 정도였습니다.

영화를 보는 일이 즐거워지기 시작한 건 '다른 사람 사는 이야기'가 '내 이야기'가 될 수 있다는 걸 알았을 때부터입니다. 보통 영화라고 하면 내 인생과는 동떨어진 이야기나 현실에서는 절대 일어날 수 없는 일을 떠올리죠. 그래서 '나도 영화처럼 살고 싶다'고 외치는 사람들이 많습니다. 제가 영화에 관심이 없었던 건 '현실은 영화와 다르다는 걸 잘 알고 있어서'였는데 꽤 긴 시간 착각하며 살아왔다는 걸 깨달았습니다. 우리도 이미 영화처럼 살고 있는데 말이죠.

영화에 숨어 있는 내 이야기를 찾아보는 건 그리 어려운 일이 아니었습니다. '나'와 비슷한 생각을 하며 살아가는 영화 속 주인공들은 생각보다 많았습니다. 그들을 보며 '나만 이런 생각을 하는 게 아니었구나' 하며 안도하기도 하고, 언뜻 보면 잘못된 선택을 하고도 잘만 살아가는 주인공을 보며 나 자신을 위로하기도 했습니다.

요즘에는 현실이 답답해질 때마다 영화를 찾는 '일시 정지'의 순간이 길어졌습니다. 현실에 일시 정지 버튼을 누르고 영화를 재생하다가 내 모습과 주인공의 모습이 겹쳐질 때쯤 영화의 일시 정지 버튼을 누르게 되는 거죠. '아, 나도 그랬었지' 하면서요.

여러분도 저와 같은 마음이길 바랍니다. 영화를 보다가 주인공의 모습에서 당신의 얼굴을 발견했을 때, 일시 정지 버튼을 누르고 이 책을 읽어주세요.

 이민주 (무궁화)

# 차례

# 01

## 땀에 젖은 옷이면 뭐 어때?

**족구왕**

**(2013)**

**❝**

남들이 싫어한다고
자기가 좋아하는 걸
숨기고 사는 것도
바보 같다고 생각해요.

**❞**

대학교 3학년 출판 디자인 수업 때 자유
주제로 책을 만드는 과제가 주어졌다. 친구들 대부분이 저마다
관심사를 척척 주제로 정하는 모습을 보면서 나도 흐름에 휩쓸
려 얼렁뚱땅 주제를 정해버렸다. '나는 영화를 좋아하니까 영화
를 주제로 해야지.' 찰나에 스쳐 간 생각이었다.

　처음에는 막연히 감성적인 책을 만들고 싶다는 마음에 크게
와닿지는 않았지만 평점이 높은 로맨스 영화를 꺼내 들었다. 그
런데 내가 잘 모르는 영화를 주제로 하려니 사이즈가 맞지 않는
옷을 입은 것처럼 불편해 과제에 집중할 수가 없었다.

　골치 아픈 일을 잠시라도 회피하고 싶어 과제는 미뤄둔 채
'왓챠' 앱에 '보고 싶어요' 체크를 해놨던 영화 리스트를 훑어보

다 그중 한 편을 골랐다. 〈족구왕〉. 좋아하는 배우인 안재홍 배우가 주연한 작품이라는 단순한 이유로 리스트에 넣었던 영화였다. 그렇게 가벼운 마음으로 재생한 영화의 엔딩 크레디트가 올라간 순간 당장 과제를 뒤엎어야겠다는 생각이 들었다. 화면을 날아다니던 족구공에 머리라도 한 대 얻어맞은 기분이었다. 나는 왜 내가 진짜 하고 싶은 이야기가 뭔지를 잊고 있었을까.

〈족구왕〉의 주인공 만섭이는 학점은 2.1로 형편없고 토익 같은 건 본 적도 없고 족구로 군대를 평정한 것 외엔 내세울 스펙도 없는데 앞날 걱정은 하나도 안 하는 그저 그런 복학생이다. 남들은 다 취업 준비에 열심인데 만섭이는 족구밖에 모른다. 복학해서 하는 일이라고는 우유갑으로 팩 차기를 하고 총장과의 대화에서 족구장을 만들어달라고 요구하는 것뿐이다. 남들이 한심하게 쳐다봐도 개의치 않는 만섭이. 나는 그런 만섭이가 멋있어 보였다. 어떤 상황에서든 자신이 좋아하는 걸 지키고 열정을 쏟아붓기란 절대 쉬운 일이 아닌데 만섭이는 그걸 해내는 사람이었다.

취업 준비장 같던 캠퍼스에 족구대회가 열리게 만드는 만섭이를 보면서 마음속 한구석이 뜨끈해지기 시작했다. 나는 영 진척되지 않던 과제를 단숨에 엎어버리고 만섭이 이야기로 주제를 바꿨다. 과제를 하던 그날은 상당히 추웠는데 몸이 움츠러들기는커녕 기운이 솟아났고 이상하게 열이 올라 땀까지 났다. 평소에는 한 시간이면 지겨워지던 과제라는 존재에 하루 종일 몰두했으나 지치지도 않았다. 이 과제를 반드시 잘해내고 싶다는 마음이 들어 과열된 노트북을 끌어안고 땀을 뻘뻘 흘리며 초집중 상태를 유지했다. 아마도 만섭이가 계속 보고 싶어 그랬던 것 같다.

3학년 2학기, 주변에서는 "너는 졸업하면 어디 갈 거야? 가고 싶은 회사 있어?"라는 질문이 심심찮게 들려왔다. 그때마다 나는 노트북 화면을 바라봤다. 제일 좋아하는 족구를 하느라 땀에 젖은 만섭이가 환하게 웃고 있었다. 그 미소를 응원 삼아 대답했다.

"회사는 생각해본 적 없어. 나랑 별로 안 맞을 것 같고. 내가 제일 좋아하는 거 하고 싶어서 계속 그림 그리려고."

4학년이 되자 만섭이에 대한 그리움은 더 짙어졌다. 동기들은 알록달록했던 머리 색을 검정으로 통일하고, 단정한 모습으로 증명사진이 잘 나온다는 사진관을 찾아다니고, 포트폴리오와 자기소개서를 붙들고 취업 정보 사이트를 들락날락했다. 뿌리가 자라 정수리 부분이 조금 까매지긴 했지만 여전히 밝은 염색 머리였던 나는 그 속에서 튀는 학생이 되어버렸다.

그래도 기죽지 않으려 노력했다. 만섭이가 만신창이가 된 발로 끝내 토너먼트에서 우승을 차지한 것처럼 나도 내가 좋아하는 걸 지키고 싶었다. 불안하지 않았다면 거짓말이지만 원래 인생은 불안을 껴안고 살아갈 수밖에 없는데 조금 더 불안하게 산다고 해서 큰일이 나진 않을 거라 굳게 믿었다. 그리고 그림을 그렸다. 머리는 새가 집이라도 지은 듯 부스스하고 손톱은 색연필 가루가 껴서 더러웠지만 개의치 않았다.

"남들이 싫어한다고 자기가 좋아하는 걸 숨기고 사는 것도 바보 같다고 생각해요."

만섭이의 말을 주문처럼 외웠다. 이게 내 모습인걸. 좋아하는 일을 하면서 살아가는 내 모습이 좋았다.

졸업 후 문득 거울에 비친 내 모습을 들여다보니 땀에 젖은 만섭이가 서 있는 듯했다. 다른 친구들은 멋지게 출근룩을 빼입고 세상으로 나섰지만 나는 집에서 꼬질꼬질한 작업복 차림으로 그림을 그리다 힘들어지면 침대에 풀썩 드러누워 뒹굴었다. 그러다 만섭이 생각이 나 배시시 웃기도 했다.

그해 겨울, 족구왕 만섭이를 만나서 참 다행이다. 땀에 젖은 옷도 나쁘지 않다는 걸 알게 해줬으니까. 그것이 식을 줄 모르고 활활 타오르는 열정의 증거임을 알려줬으니까.

"만섭이를 봐.
만섭이가 아무리 병신 같아도
자기 하고 싶은 건 다 하면서 살잖아!"

"재밌잖아요."

# 02

## 미소를 위하여, 건배

### 소공녀
(2017)

**"**

집은 없어도
생각과 취향은
있어.

**"**

어떻게 살아야 잘 산다고 말할 수 있을까? 흔히들 말하듯 부와 명예를 가지면 잘 사는 걸까? 나는 강하게 아니라고 하고 싶다. 〈소공녀〉의 미소처럼 집은 없어도 자신만의 행복을 잃지 않는 삶도 잘 사는 삶이다.

미소는 3년 차 프로 가사 도우미다. 하루 벌어 근근이 생활을 유지하지만 한 모금의 담배와 단골 바에서 마시는 한 잔의 위스키, 사랑하는 남자친구 한솔만 있으면 행복하다고 말한다. 그런데 새해가 되면서 집세도, 담뱃값도, 술값도 모두 오르고 그대로인 건 미소의 일당뿐. 좋아하는 것들을 사지 못할 처지가 되자 미소는 결심한다. 집을 포기하기로.

"난 갈 데가 없는 게 아니라 여행 중인 거야."

그렇게 미소는 난방도 되지 않던 단칸방을 빼고 '여행'을 시작한다.

오로지 자신만의 기준과 신념대로 세상을 살아가는 미소의 모습에 지금은 소식이 끊긴 대학 친구 유진이가 떠올랐다. 유진이는 매일 작업에 빠져 사느라 도통 집에 들어가지 않아 '공예과 지박령'이라 불렸다. 언제나 너무 오래 입어 온통 보풀이 일어난 과 점퍼에 쇳가루가 엉겨 붙은 모습으로 강의실에 앉아 있었다. 일주일 내내 강의실에서 살아야 할 만큼 과제 작업량이 많은 것도 아닌데 너무 무리하는 것 같아 걱정되는 마음에 '너 이러다 건강에 문제 생긴다', '적당히 완성해라, 이건 졸업 작품이 아니다' 등의 말을 해도 유진이는 괜찮다며 사람 좋은 웃음을 지을 뿐이었다. 그 웃음 속에는 누구도 꺾을 수 없는 굳은 심지가 있었다.

문제는 그렇게 작업을 하는데도 학점이 엉망이라는 점이었다. 누가 봐도 실력은 좋았지만 과제를 늘 기한보다 늦게 제출한 탓이었다. A+의 실력을 가진 친구가 C+의 평가를 받는 게 안타까워 이렇게 말해본 적도 있다.

"유진아, 난 네가 이렇게 말도 안 되는 점수를 받는 게 너무 속상해. 솔직히 미래를 생각하지 않을 수 없잖아. 다른 사람이 봤을 땐 충분히 좋은 작품을 왜 자꾸 엎고 다시 시작해서 제출 기한을 놓치는 거야?"

유진이는 대답했다.

"언니, 나는 학점보단 내가 머릿속에 그린 작품을 구현해내는 게 더 좋아. 학점은 잘 모르겠다, 포기!"

유진이는 매일같이 쪽잠을 자고 쇳가루 날리는 강의실에서 꼬질꼬질하게 생활하고 학점이 엉망이어도 하고 싶은 작업을 하는 것만으로 이미 만족스러운 학교생활을 하고 있었는데, 나도 모르게 사회적 기준에 유진이를 끼워 맞추고 있었던 거다.

집을 나온 미소가 대학 시절 함께 밴드부를 했던 멤버들의 집을 찾아갔을 때 그중 정미(부자 남편과 결혼해 풍족한 환경에서 남편의 눈치를 보며 산다)라는 친구가 했던 잔인한 말이 떠오른다.

"나 그냥 솔직하게 말할게, 미소야. 나는 네가 염치가 없다고 생각해. 네가 제일 좋아하는 게 술, 담배라는 것도 한심하고 그것 때문에 집도 하나 못 구해가지고 우리 집에 와서 지내면서 그런 것까지 다 이해해주길 바라는 네가 뭔가 잘못됐다는 생각 안 드니?"

아마 꽤 많은 사람이 이 말에 공감할지 모른다. 집을 포기한 이유가 술과 담배라니. 사회적 기준에 맞지 않는다. 하지만 생김 새도, 성격도, 생각도 다 다른 사람들이 어떻게 모두 똑같은 선 택을 하면서 살 수 있을까? '보편적'이라는 기준만큼 모순적인 것도 없다. 각자의 현실은 다르며 개인의 선택을 옳고 그름으로 판단할 순 없다. 선택의 권리를 빼앗아서도 안 된다.

조금 빠듯하게 살아도 행복하면 그만이다. 미소와 유진이를 보며 생각했다. 내 취향대로 행복을 지키며 살아가면 된다고. 틀린 삶은 없다고. 실제로 영화 속 미소의 친구들은 모두 집은 있 어도 행복은 없는 듯했다. 얼굴에는 저마다의 수심이 가득하고 미소에게 인생의 고됨을 털어놓으며 펑펑 울기도 한다. 대기업 에 다니는 문영은 경제적인 여유는 있었지만 퍽퍽한 회사 생활 에 지쳐 친구를 재워줄 마음의 여유는 없었다. 결혼 후 시부모 님과 사는 현정은 오랜만에 만난 미소가 반가웠지만 고된 시집 살이로 밥 한 끼 편하게 대접하지 못해 못내 미안한 마음이 남았다. 번듯한 아파트를 사서 잘 살고 있다고 생각한 후배 대용은 알고 보니 텅 빈 집에서 껍데기만 남은 채 살고 있었다. 부모님에게 얹혀사는 록이, 부자 남편과 결혼한 정미도 마찬가지였다.

반면 미소는 사는 게 팍팍하긴 해도 웃을 줄 안다. 어느 쪽이 옳다 그르다 따질 수는 없지만 적어도 미소의 선택이 틀리지 않은 건 분명하다. '집이 없으면 실패'라고 말하는 세상에서 집 없이 살기를 선택하는 데에는 큰 용기가 필요하다. 어쩌면 미소는 용기 있는 선택을 했을지도 모른다. 우리가 정말로 나다움을 잃어버리는 순간은 집이 없을 때가 아니라 '집이 있어도 생각과 취향'이 사라지는 때이기 때문에.

미소의 이름은 '소리 없이 빙긋이 웃음'을 뜻하는 미소(微笑)가 아니다. 이 영화의 영어 제목인 'Microhabitat', 미소서식지의 미소(微少)다. 그래도 나는 미소의 삶에 '웃음'이 슬쩍 끼어들었으면 좋겠다. 행복을 위한 삶에 웃음이 없으면 어떡하나.

유진이는 어떻게 살고 있을까? 쇳가루 낀 손으로 안경을 올리며 미소 짓던 유진이가 그 웃음을 잃지 않고 살아가고 있기를 조심스레 소망해본다.

"난 갈 데가 없는 게 아니라
여행 중인 거야!"
———————

"사람답게
사는 게 뭔데?"
———————

# 03

꾸준히 평범했고 앞으로도 그럴 예정이야

**프랭크**

(2014)

**"**

넌 프랭크가
될 수 없어.

**"**

나는 내가 황새인 줄 알았다. 어떤 과제
가 주어지든 자신 있었고 결과도 나쁘지 않았다. 평소와 다른 실
험적인 레이아웃을 구성하라고 해도 빠르게 머릿속으로 그려냈
고, 자신이 만들고자 하는 물체를 그것과 전혀 관련 없는 재료로
표현하라는 난해한 과제를 받아도 구체적으로 어떤 재료를 이
용해 구현할 것인지 그 자리에서 바로 생각해냈다. '나 좀 재능
있는 것 같아. 이번에도 A+ 받을 수 있을 것 같은데?' 기대감은
그렇게 부풀어 오르기만 했다.

　　바람을 너무 많이 넣은 풍선은 결국 압력을 견디지 못하고
팡 터지며 쪼그라든다. 내 꼴이 그랬다. 진짜 황새는 따로 있고
나는 뱁새에 불과했다. '아, 저 정도는 해야 누가 봐도 잘한다고

할 수 있겠구나.' 황새를 바라보는 뱁새들의 눈동자에는 황새의 특별함이 비쳐 있다. 황새의 그 특별한 능력을, 뱁새는 죽어라 노력해도 가질 수 없을 것만 같다.

문제는 내가 뱁새라는 사실을 인정하고 싶지 않았다는 거다. 나는 곧 죽어도 특별한 사람이 되고 싶었다. 그토록 프랭크가 되고 싶었던 존처럼.

평범한 회사원이지만 자신도 언젠가 유명한 뮤지션이 될 수 있을 거라 믿는 존은 우연한 기회에 프랭크가 리더인 밴드 '소론 프르프브스'의 키보드 연주자가 된다. 아무리 열심히 음악을 만들어도 전혀 신선하지 않은 곡만 탄생해 좌절하던 그에게 마침내 특별함에 다가설 기회가 생긴 것이다. 프랭크가 바로 존이 그토록 되고 싶었던 천재 뮤지션이었으니까. 언제 어디서나 커다란 가면을 쓰고 지내는 프랭크와 그가 이끄는 밴드의 행동은 괴상해 보이지만 그 괴상함이 특별함을 만들어냈다. 존은 프랭크를 닮고 싶어 그의 제자가 되기를 자청한다. 그의 옆에 있으면 자신도 뭐든 될 수 있을 것만 같았다.

황새의 영역에 발이라도 걸쳐놓고 싶은 뱁새였던 나는 '나도 뭐 하나쯤 특별한 구석이 있지 않을까?' 생각하며 어렸을 때부터 내 꿈을 이루기 위해 미술에 관련된 상이라면 모조리 받기 위해 노력했다. 상만큼은 누구보다 잘 받을 자신이 있었고 초등학생 때부터 대학생 때까지 총 60여 개의 상을 받으며 황새의 기쁨을 누렸다.

하지만 거기까지였다. 더 넓은 세상에 나오니 뛰는 황새 위에 나는 봉황들이 있었다. 분명 괜찮은 디자인이라고 생각했지만 다시 보면 수정할 것투성이였고 칭찬받는 사람은 따로 정해져 있었다. 나는 그냥 평범한 사람이었다.

존도 마찬가지였다. 프랭크의 옆에서 그는 자신이 평범한 사람이라는 사실만 뼈저리게 깨닫는다. 프랭크는 작은 보풀을 가지고도 음악을 만들어내지만 존은 그 옆에서 어디서 들어본 음악만 주야장천 만들어낸다. 심지어 프랭크에게 네 음악은 구리다는 말까지 듣는다. 음악에 대한 존의 열정과 포부는 누구에게도 뒤지지 않았지만 그를 뒷받침할 재능은 없었던 것이다.

존은 프랭크가 될 수 없었다. 그는 꾸준히 평범했으니까. 존이라니, 이름마저 평범 그 자체 아닌가. 존과 나는 그 지점까지 비슷하다. 나는 늘 '왜 내 이름은 이렇게 흔하냐'고 속으로 툴툴거렸다. 이름이라도 특별했으면 내가 평범하다는 사실에 조금이나마 위안이 됐을까?

재능이 따라주지 않은 존의 열정은 밴드와 그 자신을 파국으로 내몬다. 존은 프랭크의 재능을 세상에 알리겠다며 SNS로 밴드의 인지도를 높이고 음악 축제에 참가하려 하지만 관심을 원하지 않았던 프랭크의 불안 증세가 심해지면서 결국 밴드가 해체되고 만 것이다. 프랭크의 재능을 이용해 유명해지고 싶었던 존의 욕망도 그렇게 좌절된다.

그러고 보면 내가 특별하지 않다는 걸 빨리 알게 돼서 다행이다. 무리한 꿈을 무리한 방식으로 이루려다 보면 더 큰 좌절을 하게 될지도 모르니 말이다. 앞으로도 평범할 예정인 나는 더 이상 황새인 척하지 않아도 되고 특별해지기 위해 힘쓰지 않아도 된다.

어차피 안 되는 일에 힘 빼기보다 나답게 살아가기 위해 힘쓰고 싶다. 내가 아무리 평범하다고 해도 세상에 나는 나 하나뿐이다. 존이 죽어라 노력해도 프랭크가 될 수 없듯 프랭크 역시 존은 될 수 없다.

꾸준히 평범했고 앞으로도 그럴 예정이야

# 04

## 레인을 따라 헤엄치지 않아도 돼

### 4등
(2015)

**"**

엄마는 정말 내가
맞아서라도 1등만 하면 좋겠어?
내가 1등만 하면 상관없어?

**"**

내게는 귀여워하기 바쁜 열 살 터울 막
냇동생이 있다. 나이 차가 많이 나기도 하지만 미운 행동을 그다
지 하지 않다 보니 예뻐하기에도 시간이 모자라 싸우거나 야단
칠 틈은 별로 없었다. 그러다 한 번, 동생을 크게 혼낸 적이 있다.
　　동생이 고등학교에 입학하고 첫 시험인 1학년 1학기 중간고
사를 앞두고 있던 때였다. 줄곧 '선택과 집중'형 공부를 해온 동
생이 고등학생이 되어서도 자기가 하고 싶은 공부만 할까 봐 걱
정이 됐다. 나도 하고 싶은 공부는 열심히 하고 하기 싫은 공부
는 설렁설렁하다 점수가 크게 떨어진 적이 있기 때문이다. 동생
은 매번 무작정 외워서 점수를 낼 수 있는 과목에만 치중하고,
그렇지 않은 과목들은 벼락치기로 준비하는 방식으로 공부했

다. 아니나 다를까 학년이 올라갈수록 벼락치기 과목의 점수가 큰 폭으로 떨어졌다. 그중에서도 낙폭이 가장 심한 영어가 제일 신경쓰였다. 그런데 시험 첫날 과목이 영어라면서도 동생은 한가롭게 방 안을 뒹굴고 있었다. 저번 시험을 망쳐서 이번엔 무조건 잘 봐야 한다더니 영어책은 저 멀리 둔 채. 공부에 큰 도움을 주는 언니는 아니었지만 그래도 연장자랍시고 얄밉게 잔소리를 했다.

"유독 영어 공부를 안 하는 것 같다?"

"너무! 하기! 싫어!"

"아주 제대로 망하고 싶지? 망해봐야 정신을 차리려나."

"내가 알아서 해! 언니는 왜 갑자기 참견이야!"

"나중에 후회하지 말고 하라고 할 때 해라?"

크게 신경 쓰지 않아도 시험 때는 나름대로 알아서 준비하는 것 같아 별말을 하지 않았는데, 동생의 반응을 보며 이번에는 제대로 망칠 것 같다는 걱정이 들었다. 결국 동생은 제대로 공부하지 못한 채로 시험을 봤다. 집에 돌아온 동생의 표정을 보니 역시나 결과가 그리 좋지 않은 것 같았다. 점수는 거짓말을 하지 않는다. 엄마한테 비밀로 할 테니 언니한테만 살짝 말해주면 안 되겠냐는 말에 동생은 순순히 점수를 알려줬다. 점수를 듣고 깜짝 놀란 나는 심한 말을 뱉고 말았다.

"망하고 싶으냐 게 장난으로 하는 말 같아? 공부를 잘해야 하고 싶은 게 생겼을 때 뭐든지 할 수 있는 거 몰라? 지금 이렇게 안 하면 안 할수록 넌 망한 인생에 가까워지는 거야. 나중에 하면 된다고? 나중에 하려고 해봐라. 이미 앞서간 애들이 얼마나 많은지."

금세 후회가 밀려왔다. 나 너무 정애처럼 말한 거 아닌가. 분명 수영에 재능이 있는데 항상 4등만 하는 아들 준호가 답답했던 엄마 정애.

〈4등〉의 준호는 수영을 '좋아만' 하는, 즐기는 마음으로 하는 아이다. 1등을 하는 형들을 우러러보고 대단하다 생각하지만 욕심은 없다. 차라리 약간의 스포트라이트라도 받을 수 있는 3등이었다면 괜찮았을까. 아이가 매번 스포트라이트 밖에서 맴도는 걸 참지 못한 정애는 결국 폭주한다. 준호를 1등으로 만들기 위해 자신의 하루를 아이의 하루에 맞춰 살아가고, 실력 좋다는 코치를 찾아가 아이를 어떻게든 1등으로 만들어달라고 청한다. 준호가 힘들어해도 멈추지 않는다. 엄마의 행복은 준호의 1등이니까.

경쟁이 뭔지도 잘 모르는 어린 동생에게 그토록 예민하게 굴게 한 건 내 마음속에 있던 정애의 마음이었던 것 같다. 대놓고 말하지는 못해도 알고 있어서 그랬다. 성공이 가져다주는 달콤함을. 좋아서 하는 일, 그래서 잘하기보다는 즐기면서 할 수 있는 일을 하자고 말은 그럴싸하게 해도 1등, 상위권, 톱이라는 위치가 가진 힘을 알아서 그랬다. 내 동생이 저 위치에 가까웠으면 하는 무의식이 내게도 깔려 있었다. 성공은 확실한 행복을 안겨줄 테니까. 동생이 행복하게 살았으면 좋겠어서.

혹독한 훈련을 소화한 끝에 준호는 첫 시합에서 거의 1등이 될 뻔한다. 하지만 준호는 더 이상 수영이 즐겁지 않았다. 몸도, 마음도 멍들어버린 준호. 상처투성이가 되어가는 준호의 모습을 보며 어린 준호를 잔혹하게 내모는 엄마의 모습에 울분이 터지다가도 그저 욕만 할 수는 없었다. 정애의 방법은 분명 잘못됐지만 준호를 괴롭히려고 그런 건 아니었다. 정애는 진심으로 1등이, 성공이, 준호가 행복하게 살아갈 수 있는 밑거름이라 믿었던 것이다. 정애는 말한다.

레인을 따라 헤엄치지 않아도 돼

"난 솔직히 준호가 맞는 것보다 4등 하는 게 더 무서워."

그러나 그건 정애의 행복이지 준호의 행복은 아니었다. 결국 준호는 코치의 체벌을 피해 수영을 그만둔다.

내가 시험을 망쳐도 크게 혼낸 적 없고 다음 시험을 잘 보면 된다고 했던 우리 엄마처럼 동생이 조금 삐끗했어도 응원을 해줬어야 했는데. 내 폭언으로 축 늘어진 동생의 어깨를 보자 죄책감이 내 어깨도 짓눌렀다.


이제 훈련을 하지 않아도 되는 새벽, 잠에서 깬 준호는 혼자 수영장에 간다. 그리고 물속에서 자유롭게 레인을 넘나들며 수영을 한다. 맞는 게 싫었을 뿐, 준호는 여전히 수영이 좋았다. "진짜 1등 하고 싶어요. 그래야지 수영을 계속할 수 있으니까요." 그렇게 준호는 자신이 수영을 할 이유를 찾는다.

내 동생도 조금 느리긴 해도 나름의 방법으로 성적을 올려가기 시작했다. 상위권에 진입하는 것이 목표는 아니었다. 자신의 영어 실력이 좋아졌다며 뿌듯하다 말하기도 하고, 짧지만 일상에서 쓸 수 있는 회화로 말을 걸기도 했다. 나는 시험을 위해서만이 아니라 진짜 자신에게 도움이 되는 공부를 시작한 동생의 머리를 쓰다듬어줬다.

"저번엔 언니가 좀 심했지. 언니가 걱정돼서 그런 거야. 천천히 가더라도, 그렇게 하는 공부가 진짜 공부야!"

1등, 상위권, 톱. 당연히 좋다. 하지만 이것만을 목표로 억지로 공부를 시켜 자기가 하고 싶은 게 뭔지, 자신에게 남는 게 뭔지 알 수 있는 시간이 없는 인생은 너무 가혹하다. 모두가 직선으로 된 코스를 똑같이 헤엄칠 수는 없다. 잠시 옆길로 새보기도 하고 뒤를 돌아볼 수도 있다. 조금 돌아가는 기분이 들어도 레인을 벗어나 나만의 길을 개척하는 것. 그래서 자신이 원하는 목적지에 도착하는 것. 그게 제일 중요하다. 스스로 이유를 찾아 헤엄치며 웃기 시작한 준호처럼.

레인을 따라 헤엄치지 않아도 돼

# 05

## 따뜻한 우롱차 한 잔 같은 어른

### 벌새

**(2018)**

> 나는 내가 싫어질 때 그냥
> 그 마음을 들여다보려고 해.
> 이런 마음들이 있구나,
> 나는 지금 나를 사랑할 수 없구나, 하고…
> 은희야, 힘들고 우울할 땐, 손가락을 봐.
> 그리고 한 손가락, 한 손가락 움직여…
> 그럼, 참 신비롭게 느껴진다?
> 아무것도 못할 것 같아도
> 손가락은 움직일 수 있어.

'디자인을 전공하는 게 내 길이 맞나? 그냥 그림 그리는 게 좋아서 시작한 일인데, 순수 미술을 전공하는 게 낫지 않을까?'

중학교 3학년, 자유롭게 그림을 그릴 수 있었던 화실을 그만 두고 본격적으로 입시 미술 학원으로 옮기면서 생각이 많아졌다. 디자인을 전공하려면 배워야 한다는 입시 미술은 순 엉터리 같았다. 대학에 들어가서 배우는 것과 관련 있어 보이지도 않는데 왜 이걸 해야 하지. 콜라 캔으로 자동차를 만들고, 문어로 집을 만들고… 목적도 모른 채 하는 작업들은 재미가 없었고 학원의 다른 친구들은 다 나보다 잘하는 것 같아 내 발상은 별로 매력적이지 않다는 생각만 들었다.

자꾸 부정적으로 생각하다 보니 학원을 가는 것도 무의미하다 느껴졌고 그림도 그리기 싫어졌다. 미술 학원엔 고민을 나눌 친구가 없었고, 다닌 지 얼마 안 된 학원을 그만둔다고 하면 괜히 투정 부린다고 생각할까 봐 엄마한테 말하기도 망설여져 혼자 끙끙 앓기만 했다.

〈벌새〉의 주인공 은희를 보며 그 시절의 내가 떠올랐다. 은희는 집에도, 학교에도 자신에게 눈을 맞추며 이야기를 들어주고 도움을 주는 사람이 없었다. 언니는 밖으로 나도느라 동생을 살필 틈이 없고, 오빠는 시도 때도 없이 폭력만 행사하고, 부모님은 서로 싸우기 바빠 은희를 공허하게 만들 뿐이다. 설상가상, 은희가 혼자 감당하기 힘든 일들이 계속해서 벌어진다. 남자친구는 바람을 피우고, 단짝 지숙은 문방구에서 도둑질을 하다 은희와 사이가 틀어진다. 돌연 친해지고 싶다며 다가왔던 후배는 다음 학기가 되자 아는 체도 않는다. 언제부턴가 귀에서 만져지던 몽우리는 수술을 해야 하는 상태란다.

어릴 땐 지나고 나면 괜찮아질 사소한 일도 크게 느껴지기 마련이다. 이 시기의 아이들에게는 그 사소한 일 하나가 삶을 송

두리째 뒤흔들기도 한다. 자라나는 식물이 꺾이거나 넘어지지 않게 하기 위해 지지대가 필요하듯, 어린 우리들에게는 어른이라는 지지대가 필요하다. 은희의 지지대는 한문 학원 영지 선생님이었고, 내게 지지대가 되어줬던 사람은 미술 학원 선생님이었다.

그 무렵 나는 그림을 제대로 완성하지 못하는 날이 늘어가고 있었다. 그림에는 삐뚤어진 마음이 여실히 드러났다. 물 조절조차 제대로 하지 않아 흥건한 붓으로 아무렇지 않게 그림을 그리던 내 팔을 누군가 툭툭 쳤다. 돌아보니 선생님이 잠깐 상담실로 와달라며 손짓했다.

"요즘 통 집중을 못하는 것 같네. 무슨 일 있니?"

"아뇨, 딱히…."

잠시 망설이던 나는 괜찮다는 듯 나를 지긋이 바라보는 선생님의 시선에 솔직히 고백했다.

"사실 제가 왜 이걸 그리고 있어야 하는지 모르겠어요. 전 디자인이랑 안 맞는 것 같아요."

내 대답에 선생님은 놀라며 말을 이었다.

"왜? 난 민주가 디자인을 하면 잘할 거라고 생각했는데. 디자인이 너무 하기 싫어졌다면 진로를 변경하는 게 맞지만… 지금 그리고 있는 그림이 재미가 없어서 그런 거라면 선생님이 따로 말을 안 해줘서 그런 건 아닐까?"

"뭘요?"

"민주는 그림을 오래 그려서 그런지 항상 잘 그려서 따로 아쉬운 부분이 없었거든. 그러다 보니 다른 친구들에 비해 그림에 대한 코멘트도 적게 하고. 다른 친구들은 칭찬을 받는데 민주한테만 아무 말이 없으니 내 그림은 그냥 그런가 하는 생각이 들었을 수도 있을 것 같아서. 혹시 그랬어? 그랬다면 정말 미안해."

"꼭 칭찬을 많이 못 들어서 그랬다기보다는, 그냥 속상해서요…. 그림을 오래 그렸는데 그만큼 못 그리는 것 같고, 계속 부족한 부분만 눈에 밟혀서 그림이 미워 보였어요."

"부족한 부분이 눈에 밟히는 건 좋은 건데? 자신의 부족함을 안다는 건 그만큼 성장할 수 있다는 얘기야. 부족함을 모르는 사람은 그 상태가 완벽하다고 생각해 거기에만 머무를 수도 있으니까. 그래도 그게 너무 힘들었다면 네 말대로 학원을 잠깐 쉬어도 괜찮을 것 같다. 그동안 열심히 했으니까 잠깐 쉬어가는 시간도 있어야지, 그치?"

은희의 마음을 유일하게 알아주는 영지 선생님을 보며 그때의 미술 학원 선생님이 생각나 입가에 은은한 미소가 걸렸다. 영지 선생님은 '서울대'를 가야 한다고, 공부를 잘해야 한다고 외치는 어른들 속에서 진짜 어른의 역할을 해주는 단 한 사람이다. 오빠가 때릴 땐 폭행이 끝나기만을 기다린다는 은희에게 '맞지 말고, 누구라도 널 때리면 어떻게든 맞서 싸우라'고 말하고, 친구와의 다툼과 가족 문제로 절망감을 느끼는 은희에게 따뜻한 우롱차 한 잔을 건네며 희망을 갖는 법을 알려주기도 한다.

"은희야, 힘들고 우울할 땐 손가락을 봐. 아무것도 못할 것 같아도 손가락은 움직일 수 있어."

자신보다 어리다고 대뜸 반말을 쓰지도 않고, 어른이라고 선불리 훈수를 두지도, 결론을 정리하지도 않는다. 꼭 해줘야 할 이야기가 있으면 그때 입을 연다. 영화 속에서 시종일관 은희와 눈을 맞추고 이야기해주는 사람은 오직 영지 선생님뿐이다.

나는 그날 선생님과 긴 이야기를 나눈 뒤 한 달 정도 학원을 쉬다가 다시 학원을 다녔다. 아주 열심히. 선생님과의 대화 덕분에 넘어지지 않고 신발 끈을 고쳐 묶는 시간을 가질 수 있었다. 학원에는 나 말고도 선생님이 담당해야 하는 학생이 많았고 그래서 내가 힘들어하는 걸 알고 계시리란 생각은 못했는데, 선생님은 아이들에게 어른의 도움이 필요한 순간을 조용히 기다렸던 것이다.

그저 눈을 맞춰주고 말 한 마디만 해주면 충분할 때가 있다. 사춘기의 우리를 잡아주는 건 작은 온기가 담긴 손길이다. 어린 벌새의 날갯짓이 멈추지 않도록 도운 건 영지 선생님이 조용히 건넨 따뜻한 우롱차 한 잔이었을 것이다. 은희의 마음을 아는 영지 선생님이 있었기에 은희의 마음속 상처에는 새살이 돋아났을 테지.

문득 2020년의 은희는 어떤 어른이 됐을지 궁금하다. 나는 과연 영지 선생님 같은 어른으로 자라났을까? 동생이 꽤 어렵게 꺼낸 이야기를 딴짓을 하며 설렁설렁 들어주던 내 모습이 머릿속을 스쳐 지나간다. 따뜻한 우롱차 한 잔의 온도를 유지하는 어른이 되고 싶다고 생각했으나 미적지근한 온도에 머물러 있는 건 아닌지 반성을 해본다.

# 06

나를 제일 좋아할 자유

---

**더 랍스터**

**(2015)**

**"**

감정이란 억지로
만들어내는 것이
감추는 것보다
더 어렵다.

**"**

"나는 나와 가족을 위한 소비를 추구하고, 집에서 혼자 영화나 드라마를 보는 것을 좋아하며 홀로 돌아다니는 것을 즐깁니다. 연애를 하고 싶거나 외롭지는 않으냐고요? 전혀요. 아직은 혼자가 좋습니다."

'젊을 때 연애를 하지 않으면 언제 연애를 하느냐'는 굉장히 불편한 질문에 내가 한 답이다. 상대방은 단순히 궁금해서 질문했을 수도 있지만 연애하지 않는 걸 이해할 수 없다는 뉘앙스가 깔려 있어 내게는 무례하게 느껴졌다. 나는 홀로 보내는 시간이 전혀 외롭지 않은데, 너무나도 행복하게 잘 살고 있는데, 내게는 솔로로 살아갈 권리가 있는데, 왜 타인에 의해 멋대로 재단돼야 하나.

그런데 이렇게 멋대로 평가받는 것이 당연한 세계가 〈더 랍스터〉에 있다. 이곳에서 사랑에 빠지지 않은 사람은 모두 죄인이다. 솔로는 용납되지 않는다. 짝이 없는 이들은 45일의 유예기간 동안 커플 메이킹 호텔에 머무르며 커플이 되기 위한 교육을 받고 짝을 찾아야 한다. 45일 안에 짝을 찾지 못하면 동물로 변해 영원히 숲속에 버려진다. 만약 솔로로 살고 싶다면 숲으로 도망쳐 살아야 한다. 숲에서는 솔로 생활을 유지해야 하며 반드시 지켜야 할 규칙은 '절대 사랑에 빠지지 않는 것'이다. 사랑에 빠지면 즉시 처벌을 받는다.

이 세계는 철저하게 이분법으로 이뤄져 있다. 솔로 아니면 커플. 이성애자 혹은 동성애자. 다양함은 존재하지 않으며 인정하지도 않는다. 주인공 데이비드가 호텔 직원에게 양성애자라고 하자 직원은 양성애자는 허용되지 않는다고 답하고 발 사이즈가 44 반이라고 하자 그런 건 없다고 답한다. 옷도 마음대로 착용할 수 없다. 호텔 안 사람들은 모두 같은 옷을 입고 있다. 남자는 줄무늬 넥타이에 정장, 여자는 꽃무늬 원피스에 남색 카디건.

심지어 커플이 되려면 반드시 서로에게 공통점이 있어야 한다. 커플이 되면 절대 다름을 보여서는 안 된다. '척'이라도 해야 하는 것이다. 데이비드도 근시란 이유로 아내에게 버림받아 호텔에 오게 됐다. 커피를 자주 흘리는 여성과 커플이 되기 위해 일부러 자해를 하며 커피를 흘리는 남자도 나오는데, 보고 있으면 내가 피라도 흘리는 것처럼 정신이 아득해진다.

영화 속 세계가 내가 사는 세상과 별반 다르지 않게 보인 건 착각이 아니다. 현실에서도 커플이 되기 위해 소개팅을 하고, 공통점이 있어야 커플이 될 확률이 높아진다. "저도 그거 좋아하는데! 우리 꽤 잘 통하네요!" 사실은 그렇게까지 좋아하지 않으면서 '확률을 높이기 위해' 그런 척을 할 때, 있지 않았나? 나는 이 부자연스러움이 싫어 아직까지 소개팅을 해본 적이 없다.

인간은 자신이 원하는 모습으로 살아갈 자유의지와 권리가 있음에도 사회의 이분법 때문에 어떤 범주에 들지 못하면 잘못된 것처럼 보인다. "저 20대 후반인데 아직도 모태솔로예요. 친구들은 다 연애하고 있어요. 저는 아직 혼자가 좋긴 한데⋯. 이러다 계속 혼자 살면 어떡하죠?", "혼기가 꽉 찼는데 넌 언제 결혼할 거니?" 등등 하지 않아도 될 걱정이 넘친다.

20대 후반의 모태솔로에게 무슨 문제라도 있는가? 무조건 결혼해야 하는 나이가 정해져 있는가? 사회가 만들어놓은 시스템에 사랑을 강요받고, 남들에게 사랑을 강요한다. 한때는 나도 내가 무슨 문제가 있는 줄 알았다. 그래서 커플들이 많이 간다는 식당에 혼자 가면 괜히 눈치를 보기도 했고, 이성을 만나볼 생각을 하지 않는 나에 대해 진지하게 고민해본 적도 있다.

하지만 감정은 시스템에 맞춰 만들 수 있는 것이 아니다. 나는 아직 내가 제일 좋아서 누군가를 사랑할 마음이 준비되지 않았을 뿐이다. 또한 타인의 시선에 맞춰 사랑을 재촉하고 싶지 않다.

데이비드는 결국 호텔을 탈출해 숲으로 간다. 그런데 아이러니하게도 절대 사랑에 빠지지 말아야 하는 그곳에서 데이비드는 자신처럼 '근시'인 여자를 만나 사랑하게 되고, 둘은 함께 도시로 떠날 계획을 세운다. 이 사실을 알게 된 숲의 '외톨이 리더'는 근시 여자를 장님으로 만들어버린다. 여자와 '근시'라는 공통점이 사라진 데이비드는 안절부절못하며 자신 또한 장님이 돼야겠다고 생각한다. 그래야 사랑을 인정받고 도시에서 살아갈 수 있으니 말이다.

나를 제일 좋아할 자유

영화는 데이비드가 자신의 눈을 찌르는 장면을 보여주지 않는다. 장님이 된 여자가 홀로 데이비드를 기다리고 있을 뿐이다. 데이비드는 여자와 같아지기를 거부하고 사랑을 포기한 것이다. 어떤 기준에 억지로 맞춰진 사랑은 그것이 조금만 흔들려도 무너지고 만다.

그렇게까지 타인에게 나를 맞출 필요가 있을까? 데이비드가 장님이 되기를 포기했듯, 내게는 나를 제일 좋아할 자유가 있다. 타인과 함께하지 않으면 완전하지 못하다는 프레임을 파괴할 권리가 있다.

"짝을 찾지 못하게 되면
어떤 동물이 되고 싶으시죠?"
_____

"랍스터요."
_____

# 07

# 허기진 마음을 채우는 숲

## 리틀 포레스트

**(2018)**

**"**

그렇게 바쁘게 산다고
문제가 해결이 돼?

**"**

고등학교 친구를 2년 만에 보는 날이었다. 각자의 삶을 살아가기 바빠 연락도 자주 못하고 지낸 탓에 얼굴을 마주 보고 나눌 이야기가 산더미처럼 쌓여 있었다. 메시지로 전하기에는 한계가 있는 그런 이야기들.

오랜만에 만난 친구는 많이 지쳐 있었다. 만나기 며칠 전에야 뒤늦게 친구가 고시원에 살면서 시험을 준비하고 있었다는 사실을 알게 됐다. 그간의 힘듦이 친구의 목소리에 섞여 있었다.

"매일 공부만 하면서 1년을 보냈더니 몸도 마음도 지쳐서 그만둘까 고민하고 있어. 하루 종일 쉬지도 않고 공부만 하니까 나중에는 우울증이 올 것 같더라. 그래서 딱 일주일만 쉬고 계속할지 말지 결정하려고…"

"그래, 잘 생각했어. 1년 동안 어떻게 공부만 했니…. 나라면 일주일이 아니라 한 달은 쉬었을 거야. 네가 여태까지 공부한 시간과 노력을 무시할 수 없으니 함부로 그만두라고는 못하겠어. 그래도 너무 힘들다고 느끼면 그때는 그만두는 게 좋을 것 같아. 참다가 병나. 반대로 조금만 더 해보기로 결정한다면 열심히 응원할게!"

"이번엔 진짜 그만두고 싶다는 생각이 저절로 들더라. 근데 네 말대로 여태까지 했던 걸 놓아버리는 게 너무 어렵다. 잘 생각해보고 결정할게. 사는 게 왜 이렇게 힘들까…"

맞아. 우리 옛날엔 실없는 농담도 자주 하고 웃기 바빴던 것 같은데, 어쩌다 이렇게 한숨만 쉬게 된 걸까. 그 어떤 말로도 온전한 힘을 줄 수 없을 것 같아 간단히 대답했다.

"쉬고 싶을 때 말해. 나랑 맛있는 거 먹고 잠시라도 벗어날 시간을 갖자! 힘들 땐 맛있는 거 먹는 게 최고다?

하지만 친구는 정말로 딱 일주일만 쉬고 다시 공부를 하러 떠났다. 쉬고 싶다는 말조차 마음대로 하지 못하는 친구를 걱정하다가, 지친 몸과 마음을 이끌고 고향으로 내려간 〈리틀 포레스트)의 용감한 혜원이 떠올랐다. 혜원은 대학에 합격하자 가족을 두고 고향을 떠나 혼자 서울로 올라왔다. 편의점에서 알바를 하면서 유통기한이 지난 도시락으로 끼니를 때우며 남자친구와 함께 임용고시를 준비하던 혜원은 남자친구만 시험에 붙고 자신은 떨어지자 모든 걸 내려놓고 다시 시골로 내려간다.

나는 용기인지 포기인지 모를 혜원의 행동이 부러웠다. 혜원처럼 떠날 수 있는 사람이 몇이나 될까? 아마도 별로 없을 것이다. 다 집어던지고 싶을 만큼 힘들지만 진짜로 다 내려놓기엔 불안하니까. 친구가 했던 말이 생각났다. "나도 하루 정도 쉬고 싶긴 한데, 내가 쉬는 시간 동안 남들이 책장 수십 페이지는 먼저 넘길 것 같아."

뒤처지는 기분이 어떤 건지 잘 알고 있었지만 나는 친구에게 "민주야, 시간 괜찮은 날 있어? 나 맛있는 거 먹고 싶은데 같이 먹으러 가자!"라는 말을 듣고 싶었다. 잠깐의 멈춤이 얼마나 소중하고 필요한 일인지 나도 잘 알고 있었으니까.

취업을 하지 않았으니 기회가 생기면 무슨 일이든 해야 할 것 같았다. 몸이 이상 신호를 보내도 모르는 척 무시하고 달리다 결국 목적을 잃어버렸다. 매일 박카스를 마시고 편의점 음식으로 간단하게 끼니를 때운 후 밤을 지새우는 일상의 반복. 그러다 '내가 고장 나버린 건 아닐까?' 하는 생각에 나 자신에게 짜증이 나 모든 걸 외면하고 잠만 잤던 때가 있었다. 잠에서 깨면 하는 일은 친구와 약속을 잡고 먹고 싶은 음식을 먹는 게 전부였다. 아무것도 하지 않으니 저 멀리에서 죄책감이 달려왔지만, 나는 죄책감을 이겨내고 천천히 회복하고 있었다. 잠시 멈추고 친구를 만나 먹고 싶었던 음식을 먹는 일은 배를 채울 뿐 아니라 허기진 마음을 채우는 시간이었다. 혜원처럼 시골에 내려가 음식을 직접 만들어 먹지는 못해도, 내게도 혜원이의 작은 숲이 생긴 기분이었다. 잠시라도 노트북 앞에서 벗어나 친구와 대화를 나누고 좋아하는 음식을 나눠 먹는 작은 숲.

혜원은 외롭고 고된 도시에서의 생활을 뒤로한 채 고향에서 사계절을 보낸다. 몸은 다시 고향으로 돌아왔지만 혜원의 마음은 여전히 도시에 남아 있다. 심란한 마음을 잊으려 바쁘게 이런저런 농사일에 몰두하던 혜원에게 고향 친구 재하는 한마디를 툭 건넨다.

"그렇게 바쁘게 산다고 문제가 해결이 돼?"

마음이 분주하다고 바뀌는 것은 아무것도 없었다. 편의점 도시락처럼 겉만 그럴듯하고 아무 영양가 없던 혜원의 마음은 고향에서의 하루하루로 점점 여유를 되찾아간다. 유통기한이 지나 폐기 처리된 편의점 도시락이 아닌, 제철 재료로 만든 든든한 식사를 하며 허기진 마음을 채우고, 친구인 재하와 은숙과 함께 음식을 나눠 먹고 도란도란 이야기를 나누며 다시 행복을 쌓아가는 혜원. 고향에서의 혜원은 외롭지도, 배고프지도 않았다. 혜원에게 힘들 때 언제든 돌아갈 수 있는 작은 숲이 생긴 것이다.

　그 '작은 숲'이 내 친구에게도 생길 수 있을까? 그러려면 한 번쯤은 잠시 멈춰 작은 숲을 찾아봐야 한다. 나는 친구가 숲을 찾고 있을 때 혜원에게 재하와 은숙이 그랬듯 맛있게 배를 채우며 마음에 웃음꽃을 피울 수 있는 존재가 되어주고 싶다. 가슴이 답답할 때 혹은 괜스레 쓸쓸할 때 허기진 마음에 온기를 채울 수 있는 숲으로 훌쩍 떠나오길 바라.

"온기가 있는 생명은
다 의지가 되는 법이야."

"밤조림이 맛있다는 건
가을이 깊어졌다는 뜻이다.
곶감이 맛있다는 건
겨울이 깊어졌다는 뜻이다."

# 변화라는 마술

## 바그다드 카페: 디렉터스 컷

**(1987)**

**"**

나는… 좋아할 줄 알았어요.
행복해질 줄 알았어요.
편하게 일하면 좋잖아요.

**"**

진심이 아닌 마음이 나도 모르게 튀어 나올 때가 있다. 이글이글 타오르는 사막같이 황폐해진 마음에 다가오던 사람은 불에 덴 듯 튕겨 나간다. 그 사람은 사막에 물을 주고 싶다는데 사막은 열을 내기만 한다.

브렌다는 황량한 사막 한가운데, 성한 곳 없는 모텔이자 주유소이자 카페인 '바그다드 카페'의 주인이다. 잔뜩 예민해져 하염없이 눈물만 흘리기 바쁜 브렌다의 현재 상황은 사막 그 자체다. 카페 운영에 전혀 도움을 주지 않는 게으른 남편, 자기 자식은 나 몰라라 엄마에게 맡긴 채 하루 종일 피아노만 치려 하는 아들, 동네 남자들과 어울려 놀기 바빠 엄마를 전혀 도와주지 않는 딸. 남은 건 먼지뿐인 이곳에 어느 날 불쑥 야스민이라는 투

숙객이 찾아온다. 그녀는 브렌다가 자리를 비운 사이 자기 멋대로 모텔 사무실을 청소했다. 브렌다는 총을 들고 겨누면서 누가 내 사무실을 건드렸느냐고 불같이 화를 내고, 주눅이 든 야스민은 브렌다에게 당신이 좋아할 줄 알았다고, 깨끗해진 사무실을 보면 행복해질 줄 알았다고 말한다. 브렌다는 그런 야스민이 수상쩍기만 했다.

나도 브렌다 같았던 때가 있다. 나에 대한 말은 그게 뭐든 신경에 거슬리던 시절이었다. 한 친구가 웃자고 건넨 말에 화가 머리끝까지 차올라 가을이 겨울이 되기까지 수개월을 연락을 끊고 지냈다. 사건은 교수님을 함께 찾아뵙기로 했던 데서 시작됐다.

"언니 저번에 교수님 뵙자고 했던 거 같이 가는 거 맞지?"

친구가 물었지만 나는 선뜻 그러자는 대답을 할 수가 없었다.

"아… 그거 못 갈 것 같은데. 나 진짜로 돈이 없다…."

"같이 가면 좋을 텐데… 그럼 취소?"

"응, 나 요즘 돈 쓰는 일은 그냥 다 안 하려고… 그냥 너네끼리 갔다 와라 미안…."

그러자 친구가 말했다.

"에이 뭐 심각하게 그래ㅋㅋㅋ 돈이야 다들 맨날 없이 사는데ㅋㅋㅋ"

갑자기 화가 났다.

"아니 그 얘기가 아니라 난 진짜 심각한데… 요즘 일도 없어서 힘드네."

뭐라 답장이 왔지만 짜증 나는 마음에 읽지도 않고 그냥 채팅방을 나왔다. 굳이 답장을 해주고 싶지 않았다. 나만 심각했다. 항상 쓰는 'ㅋㅋㅋ'가 평소와 달리 비꼬는 양 느껴졌고, 내 괴로움을 가볍게 받아치는 친구가 미웠다. 내 상황만으로도 버겁고 신경 쓸 일이 많아 먼저 다시 연락하고 싶은 마음도 없었다. 그렇게 채팅방에는 긴 정적이 찾아왔다.

시간이 흘러 내 생일이 다가왔다. 그리고 정적이 흐르던 채팅방에 어렵게 보낸 듯한 축하 메시지가 도착했다. 오랜만에 친구를 만나기로 하고 긴 대화를 나눴다. 그날의 화두는 당연히 '끊긴 메시지'. 친구는 나를 다시 만날 수 있어서 정말 기쁘다고 했다. 이대로 영영 끝나는 건가 싶었는데, 다시 같이 맛집에 가고 놀 수 있어서 좋다고. 나는 당시의 감정을 솔직하게 전했다. 그때는 스트레스가 너무 심해서 사소한 말 한 마디도 말한 사람의 의도와는 달리 상처가 돼서 연락을 할 수 없었던 것일 뿐, 너라는 사람 자체에게 화가 났던 건 아니라고.

　나는 그날 친구가 보낸 메시지에 악의가 없었다는 걸 진작부터 알고 있었다. 아니, 오히려 선의에 가까웠다. 힘들어도 웃어보자는 뜻이 담긴 말. 하지만 너무 여유가 없어 야스민의 친절을 의심부터 했던 브렌다처럼 나 역시 있는 그대로의 마음을 받아들이지 못했다.


　실은 야스민 역시 상황이 나쁘기는 마찬가지였다. 남편은 싸움 끝에 그를 버리고 혼자 차를 몰고 가버렸고 땀을 뻘뻘 흘리며 끌고 온 트렁크에는 자신의 물건이 아닌 남편의 마술 도구만 가득하다. 그래도 야스민은 자신의 방을 나서면 마주치는 사람들에게 먼저 다가가 웃으며 말을 걸고 자신에게 모질기만 한 브렌다에게도 꿋꿋이 손을 내민다.

　그러자 영원히 황량할 것 같았던 사막에 조금씩 촉촉함이 스며든다. 야스민의 긍정적인 마음이 주변에 변화를 가져온 것이다. 브렌다의 아들이 연주하는 피아노 소리를 경청해주고, 밖으로 나돌던 딸과 친구가 되어주고, 무용지물이었던 마술 도구를 이용해 카페 손님들에게 행복을 주는 야스민의 선한 마음. 이를 지켜보던 브렌다는 야스민에게 경계를 풀고 자신이 왜 이렇게 화가 나는지 모르겠다며, 진심으로 그를 싫어했던 것은 아니었다고 고백한다. 브렌다가 마음을 열기 시작하면서 야스민은 본격적으로 마술쇼를 열어 바그다드 카페 사람들에게 웃음을 선사한다. 먼지만 휘날리던 바그다드 카페는 사람들이 북적이는 장소로 변해가고, 매일 화만 내던 브렌다는 야스민의 옆에서 활짝 웃기 시작한다.

지난날들을 떠올려보니 나도 그 친구와 함께하며 삶을 대하는 태도가 조금씩 변해왔던 것 같다. 연락이 끊기기 전 우리는 틈날 때마다 만나 밥을 먹을 만큼 자주 보는 사이였다. 그 친구 덕분에 일에만 매여 있지 않을 수 있었고 잠시 숨을 고르는 시간이 주는 행복도 알게 됐다.

여권 만료일이 지난 야스민이 어쩔 수 없이 바그다드 카페를 떠난 후 다시 그곳에서 웃음이 사라졌던 것처럼 친구와 연락이 끊겼던 기간 동안 내가 평소보다 더 까칠했던 건 친구가 만들어준 환기의 순간이 사라졌기 때문이었을 테다. 브렌다에게 야스민이 바그다드 카페에 변화를 가져온 '마술 그 자체'였던 것처럼 친구가 내게는 마술이었다.

시간이 흘러 다시 바그다드 카페를 찾아온 야스민은 본격적으로 카페에서 마술 공연을 시작한다. 바그다드 카페는 더 이상 흙먼지만 날리는 황무지가 아니었다.

현실의 계절은 겨울을 지나 봄이 되었다. 친구는 날이 따뜻해졌으니 같이 피크닉을 가자고 한다. 예전 같았으면 "귀찮게 무슨 피크닉?"이라고 말했겠지만 이제는 피크닉을 간 모습을 상상해본다. "한번 가볼까?"

한 사람이 내민 손길이 만들어낸 변화. 이제 브렌다라는, 그리고 나라는 사막에는 꽃이 핀다.

변화라는 마술

# 매일 조금씩 다르게 그려지는 도돌이표

**패터슨**

**(2016)**

> _당신도 뉴저지 패러슨의 시인이세요?
> _아뇨. 전 버스 운전사예요.
> 그냥 버스 기사.
> _아주 시적이군요.

중학생이었을 때 나는 하루의 끝에서 오늘을 기록하는 게 행복이라 말했었는데 언제부턴가 일기를 쓰는 것이 의미가 없다고 생각하게 됐다. 매일 똑같은 하루, 특별한 일이 생기지 않으면 쓸 이야기가 없었다. 이른 아침 비몽사몽 일어나 학교에 가면 수업, 쉬는 시간, 수업, 쉬는 시간의 반복. 이 반복이 끝나면 학원에 가서 그림을 그리고 그러다 보면 어영부영 하루가 끝났다. 월요일인지 화요일인지 구분이 되지 않아 요일을 확인하는 게 딱히 의미가 없었다. 결국 다이어리의 텅 빈 공간에 의미 없이 스티커를 덕지덕지 붙이기 시작했다. 화려한 스티커로 밋밋한 하루를 치장하기에 바빴다. 그렇게 쌓인 한 달을 되돌아보면 내 이야기가 담긴 다이어리라기보다는 스티커

모음집에 가까워져 있었다.

'나는 재미없게 사는 걸까…' 하는 허탈감에 다이어리를 구입하지 않은 지 벌써 10년 가까이 지났다. 인정하고 싶지 않았던 것 같다. 매일 도돌이표만 그리고 있다는 걸, 살아가면서 특별한 일은 그리 많지 않다는 걸, 어쩌면 전혀 없을 수도 있다는 걸.

통상적으로 '영화처럼'이라는 표현은 우리의 일상과는 동떨어진 듯한 삶을 지칭할 때 쓰인다. 영화에서는 현실에서 절대 일어나지 않을 법한 일들이 아주 쉽게 일어나니까. 하지만 패터슨시에 사는 버스 운전기사 패터슨은 영화 주인공임에도 '영화처럼'과는 아주 거리가 먼 삶을 산다. 그에게는 엄청난 일이 일어나지 않는다. 차도에서 버스가 고장 나거나 바에서 장난감 총으로 난동을 피우는 사람을 목격하는 게 전부다. 매일 같은 시간에 일어나 아내 로라의 꿈 이야기를 들어준 뒤 도시락을 들고 출근해 버스를 몰며 같은 길을 돌고 돌다가 퇴근 후에는 반려견 마빈과 동네 산책을 하고 바에 가는 게 하루 일과다.

어제가 오늘 같고 오늘이 내일 같은 반복되는 삶. 패터슨에게 새로운 하루란 없는 것 같지만 그의 일주일을 조용히 관찰하다 보면 매일 똑같은 것 같았던 일상이 분명 다르다는 사실을 알게 된다. 버스는 매일 정해진 구간을 운행하지만 그날그날 창밖의 풍경이 다르고 버스에 탄 승객들도 다르다. 동네 바에서 만나는 사람들, 들려오는 이야기도 다르다. 패터슨은 이 '살짝 다른' 것들을 기록해 자신만의 하루를 만들어낸다. 시를 쓰면서.

패터슨은 '시 쓰는' 버스 기사다. 하품이 나올 만한 하루에 '시'라는 숨을 불어넣는다. 반복되는 하루하루도 그에게는 아무것도 아닌 일상이 아니라 시라는 예술을 만들어내는 일상이 된다. 매일 똑같이 시리얼을 먹으며 하루를 시작하는 아침, 식탁에 놓여 있는 오하이오 블루 팁 성냥의 로고를 보고 시상이 떠올라 사랑하는 아내 로라를 위한 시를 짓는 패터슨의 일상.

사랑 시

우리 집에는 성냥이 많다
요즘 우리가 좋아하는 제품은
오하이오 블루 팁
진하고 옅은 청색과 흰색 로고가

확성기 모양으로 쓰여 있어
더 크게 외치는 것 같다
"여기 세상에서 가장
아름다운 성냥 있어요
차분하고도 격렬하게
오롯이 불꽃으로
타오를 준비가 되어
사랑하는 여인의 담배에
불을 붙일지도 몰라요
난생처음이자 앞으로도
다시 없을 불꽃을"

　나는 여전히 다이어리는 쓰지 않지만 기록하던 습관이 남아
서 그런지 2년 전부터는 블로그에 아주 짧은 일기를 쓰기 시작
했다. 덕분에 그냥 지나칠 법한 것들을 붙잡는 습관이 생겼고,
그렇게 붙잡은 것들을 그림에 반영하게 됐다. 패터슨이 그의 예
술인 시에 그랬듯이 나는 나의 예술인 그림에. 내가 그림에 붙잡
아두는 것들은 지극히 평범하다. 아침이면 어김없이 뜨는 태양,

매일 조금씩 다르게 그려지는 도돌이표

1년 365일 고개만 돌리면 보이는 집 앞 나무들처럼 무심하게 지나치기 딱 좋은 것들. '그림이 평범해지면 어쩌지?' 하는 걱정은 들지 않는다. 늘 같은 자리에 있는 듯한 평범함도 자세히 들여다보면 모두 다른 빛깔을 띠고 있다는 걸 패터슨이 알려주었으니.

이제는 일상을 스티커로 덮어버리지 않는다. 매일 그리는 도돌이표의 생김새가 매일 조금씩 다르다는 걸 관찰하는 일이 내 예술이다. 어제는 동그라미가 조금 크게 그려진 도돌이표, 오늘은 선이 조금 찌그러진 도돌이표, 내일은 또 무엇이 달라진 도돌이표가 될지. 아침을 먹다 마주한 성냥갑에서 시상을 떠올리는 패터슨처럼, 나는 도돌이표를 그리다 예술을 발견할 것이다.

"때론 빈 페이지가
가장 많은
가능성을 선사하죠."
———————

♩♪♫

"시를 번역하는 것은
우비를 입고
샤워를 하는 것과 같다."
———————

# 10

## 그때나 지금이나 우리는 어렵다

**우리들**
(2015)

> 연오가 때리고, 나도 때리고,
> 연오가 또 때리고.
> 그럼 언제 놀아?
> 나 그냥 놀고 싶은데.

비로소 깨달았다. 우리는 각자의 이유로 친구라는 관계를 더 이상 지속할 수 없다는 것을. 영화 속 선과 지아를 함께 만났던 우리가 더 이상 '우리'라는 관계가 아니라는 것을.

지아는 여름방학이 시작되던 날 선의 반으로 전학 온 학생이다. 반에서 따돌림을 당하며 외톨이로 지내던 선은 혼자 교실에 남아 있다가 복도에서 우연히 지아와 마주치고 "너 이름이 뭐야?"라는 물음 하나로 둘은 친구가 된다. 누구나 그렇게 친구가 된다. 아주 작은 연결 고리 하나로 '너'와 '나'에서 '우리'가 된다.

나도 그랬다. 가장 친했던, 이제는 과거형이 되어버린 J와 친구가 되었던 날. 통성명을 한 후 첫마디를 떼기 적당한 질문을 던졌을 뿐인데 친구라는 관계가 되었다.

"좋아하는 게 뭐예요? 음식도 좋고, 아니면 그냥 놀 때 어떤 식으로 노는 걸 좋아한다든가…"

"음… 저는 카페 가서 디저트 먹는 거 좋아하고, 카레 좋아해요! 그리고 어디 놀러 갈 때 항상 연남동에 가는 것 같아요."

"오! 저도요! 연남동 좋아하는 것까지 똑같네요!"

"진짜요? 신기하네요… 이런 인연 만나기도 쉽지 않은데! 그럼 저희 언제 한번 만날까요? 참 그리고 저희 동갑 맞죠? 동갑이면 만나기 전에 말 놓고 친해질까요?"

"좋아요! 이제 우리 친구 하는 거예요! 다음엔 반말하기!"

우리는 소름 끼칠 만큼 취향이 비슷했다. 비슷해도 너무 비슷하다 보니 성격이 나와 맞을지는 생각해볼 필요도 없었다. 그렇게 J와 나는 친구가 됐고 짧지 않은 시간 동안 행복을 나눴다. 함께 손톱에 봉숭아물을 들이고, 서로의 비밀을 공유하고, 실을 꼬아 정성스레 만든 팔찌를 우정의 증표로 나눠 가졌던 선과 지아의 모습은 우리와 크게 다르지 않았다. 나란히 앉아 달달한 크림이 올라간 비엔나커피를 마시며 속마음을 털어놓고, 빈티지

그때나 지금이나 우리는 어렵다

단짝 지갑을 나눠 가졌던 우리.

쉽게 이뤄진 관계는 그만큼 깨지기도 쉬운 것일까. 우정의 온도가 뜨거웠던 여름방학이 지나자 갑작스레 선에게서 등을 돌린 지아처럼, J는 우리가 친구였던 적이 있었냐는 듯 금세 내게서 멀어졌다.

관계가 끝나고 나면 좋았던 시절의 이면을 들춰본다. 그러면 '아름답다'고 잘 포장돼 있던 관계 아래에서 미움과 질투가 모습을 드러낸다. 다 찢어진 포장지를 어떻게든 붙여보겠다고 간신히 누덕누덕 기워두었다는 사실을 외면했던 것이다. 따돌림을 당해 외로웠던 선과 부모님의 이혼으로 늘 혼자였던 지아는 서로에게서 자신은 누릴 수 없는 관계를 보며 질투를 느낀다.

J와 나 역시 관계를 유지하기 위해 각자의 이유로 속앓이를 했다. 약속을 중요하게 생각하는 나는 매번 30분 이상을 지각하는 친구에게 화 한번 못 내보고 꾹꾹 누르고 있었다. J가 마지막 인사를 하지도 않고 관계를 끊어버린 탓에 정확히는 알 수 없게 됐지만, J 또한 내게 불만이 있다는 것쯤은 눈치채고 있었다.

나는 끝나버린 관계의 흔적을 지우려 발버둥 쳤다. 같이 찍었던 사진, SNS에 올렸던 우정의 흔적들… 모두 처음부터 없었던 일인 것처럼 지우려 애쓰다가 〈우리들〉을 같이 봤던 순간을 발견했다. 그땐 선과 지아의 모습이 우리의 미래가 되리라곤 상상도 하지 못했다. 차가워진 지아가 미워 팔찌를 쾅쾅 내리치며 울던 선은 나와 다를 게 없었다. 말도 없이 잠수를 탄 친구를 도저히 이해할 수 없어 홧김에 호시절을 나눈 편지를 전부 버렸다.

어렸을 때나 지금이나 나는 여전히 관계가 어렵다. 미묘한 신경전, 불안감에 흔들리던 어린 시절의 우리는 어른이 되어서도 똑같은 감정 때문에 무너진다. 편지를 마구 찢어버려도 마음이 편해지지 않는다. 나는 이렇게 괴로운데 그 애는 멀쩡할까 생각하면 기분이 나락으로 떨어진다.

부끄럽지만 선과 지아를 만나기 전의 나는 "그땐 그렇지, 다 그렇게 크는 거야" 같은 끔찍한 말을 내뱉던 사람이었다. 이젠 그것이 그저 끝나버린 성장통이 아님을 안다. 그저 지나고 나면 별거 아닌 시절이 아님을 안다. 어른이 되었다고 어린 시절을 가볍게 치부해서는 안 된다. 〈우리들〉은 어른이 된 우리의 이 같은 행태를 무섭게 꼬집어낸다. 영화 제목이 '너희들', '아이들'이 아닌 '우리들'인 이유. 우리는 그 시절에 생긴 상처로 자라난 것이며, 어른이 되어서도 그때처럼 상처를 주고받는다. 갑자기 차가워진 친구의 말투에 내가 잘못한 게 있는지 전전긍긍하던 우리, 미운 친구와 멀어지려고 일부러 눈길을 끊어버린 우리. 며칠 밤낮을 울고 화내며 끙끙 앓았던 마음들을 "다 그렇게 크는 거야"라는 말로 무성의하게 덮어버릴 순 없다. 그때나 지금이나 우리는 관계라는 틀 안에서 어려워하고 있다.

영화가 끝나갈 때쯤 매일 친구 연오한테 맞고 와 선을 속상하게 만드는 동생 윤이 하는 말이 심장을 콕 찌른다. 선은 맞기만 하는 동생에게 너도 연오를 때리라고 했는데, 윤이는 연오를 때린 것으로 끝내지 않고 다시 같이 놀았다고 한다. 바보냐고, 그러고서 같이 놀다니, 다시 또 때렸어야 했다는 선의 말에 윤은 이렇게 묻는다.

"그럼 언제 놀아? 연오가 때리고, 나도 때리고, 연오가 또 때리고. 그럼 언제 놀아? 나 그냥 놀고 싶은데."

윤의 말처럼 내가 한 대 더 맞아서 손해 보는 것 같아도 그냥 같이 놀 수 있었다면 참 좋았을 텐데. 복잡한 어른의 마음 위로 윤의 해맑은 얼굴이 일렁인다.

"나중에 우리 둘만
바닷가 같이 갈래?
약속."
————

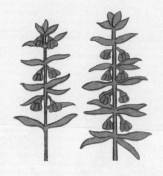

# 11

# 돌이켜볼 수 있는 추억이 있다는 것

## 땐뽀걸즈

### (2016)

**66**

언젠가
아줌마가 되면
생각 안 나겠나.

**99**

졸려. 도대체 얼마나 더 버텨야 하지? 재미없다. 수능을 앞둔 고등학교 3학년의 따분한 나날. 재밌는 일도, 설레는 일도 없다. 수능 문제집만 하염없이 바라본다. 잠깐이나마 눈이 번쩍 뜨이는 일이라고는 오늘 나오는 급식 메뉴가 괜찮다는 것 정도.

그런 학생들에게 선생님은 솔깃한 제안을 한다. 학급 전체가 편지를 주고받자고. 일련의 규칙을 만들어 주기적으로 편지를 쓰고, 일주일 동안 쓴 편지는 학급 우체통(이라고는 하나 그냥 A4용지 박스)에 넣어 주인에게 잘 도착하기를 바라면 된다. 편지는 반장이 집배원이 되어 수취인에게 배달한다.

연필을 공부가 아닌 다른 목적으로 쓰는 흥미로운 일. '생일 편지가 아닌 편지를 마지막으로 쓴 게 언제였더라?' 매일 보는 친구에게 편지를 쓴다는 게 영 어색해서 첫마디가 쉽게 떨어지지 않아 썼다 지우기를 반복하다 언제 그랬느냐는 듯 편지지 한 바닥을 술술 써 내려가는 우리가 있다.

편지를 쓰는 일은 따분함이 빈틈없이 들어차 있던 교실을 비집고 들어와 설렘을 안겨주었다. 고3 생활이라는 게 다 거기서 거기라, 맨날 '힘들지?ㅠㅠ', '우리 조금만 힘내자!', '수능 대박!' 같은 이야기가 거의 전부나 다름없었던 편지가 왜 그렇게 기다려졌는지. 봉인된 편지 속 이야기가 뻔히 보이는데도, 그래도 참 좋았다.

선생님은 이런 행복을 아시고 삭막한 교실을 환히 밝혀주신 걸까. 성적 9등급, 수업 시간엔 책상에 엎드려 자고 결석에 지각에 조퇴를 밥 먹듯 하고 공부엔 별 뜻 없는 아이들을 일으켜 세운 거제여자상업고등학교 댄스 스포츠 동아리, 일명 '땐뽀반' 담당 교사 이규호 선생님의 모습에 잊고 있던 고3 담임 선생님과 그 시절 편지가 생각났다. 뽀얗게 먼지가 쌓인 편지 보관함을 열고 그때 그 편지를 꺼내 들었다.

To. 민주

민주야 안녕! 난 지금 수업 시간에 편지를 쓰고 있어… 선생님한테는 좀 죄송하긴 한데… 점심 먹고 식곤증에 너무 졸려서 잠시 일탈 행위를 하는 거야…ㅋㅋ 아직도 수업 끝나려면 30분이나 남았다니ㅠㅠ 그리고 또 독서실 갈 생각을 하니 끔찍하구나… 맞다 우리 어제 독서실에서 인강 보다가 졸려서 1층 가서 먹었던 라볶이 대박 맛있었는데 그거 또 먹으러 갈래…? 그거 이제 우리 소울푸드로 하자! 나 이제 독서실 라볶이 먹으러 다니는 거 아닌가 모르겠네… 근데 나 지금 점심 먹어놓고 또 먹는 얘기+졸린 얘기로 절반을 채웠네? 지금 비몽사몽이라 그런 거니까 이해해줄 거지?ㅠㅠ 그래도 이렇게 독서실 다니는 행복이 생겨서 좋다… 역시 고3은 먹어서 힘을 내야 한다고!ㅋㅋ 휴… 이번 편지는 좀 엉망인데 다음엔 정성스럽게 써줄게ㅠㅠ 그래도 내가 너한테 써주고 싶어서 다른 친구랑 고민하다가 쓰는 거니까 고마워해줘야 한다…? 그럼 다음 편지에서 만나! 안녕~


입을 비집고 새어 나오는 웃음을 막을 수가 없었다. 수업 끝나는 종이 울리자마자 허기지다며 매점으로 달려가 몽쉘과 피크닉을 사 먹던, 먹어도 먹어도 맨날 배고팠던 우리가 생각났다.

돌이켜볼 수 있는 추억이 있다는 게 이렇게 좋은 일이었다니. 앞만 보고 달리느라 추억에 먼지가 쌓이는 줄도 모르고 있었구나.

　내게 편지라는 추억이 남아 있듯, 땐뽀반 친구들도 선생님께 '댄스 스뽀츠'를 배우고 대회를 준비했던 시간들이 찬란한 추억으로 남았으리라 생각한다. 조선업 불황으로 인한 거제 지역 전체의 경기 침체는 아이들이 공부에 관심을 갖기 어렵게 만들었다. 땐뽀반 아이들은 부모님의 이혼으로 조모의 손에서 자라면서 일찌감치 돈벌이를 하다가 술, 담배에 빠지기도 했고, 맞벌이를 하는 부모를 대신해 다둥이를 돌보며 꿈을 좇기보다는 취업을 해야 하기도 했다. 당장 먹고사는 일을 생각하기 바빴던 친구들은 땐스 스뽀츠를 하면서 잃어버린 행복을 찾는다.

　땐뽀반 친구들 중 현빈이가 새벽 2시가 훌쩍 넘은 시간에 알바를 마치고 집으로 돌아와 동생에게 털어놓던 말이 떠오른다.

　"나 학교에서 제일 웃는 시간이 언젠지 아나. 체육 시간에 춤추는 때. 여상에서 체육 시간에 춤을 배워. 차차차나 자이브나. 엄청 재밌어. 근데 엄청 힘들어. 추지 말까? 나 바쁜데, 나 힘든데."

제대로 잘 시간도 없고, 한 달 꼬박 알바를 해야 월세를 감당할 수 있는 현빈이가 힘들어도 땐뽀를 놓지 않았던 이유, 단순히 재미 하나만은 아닐 것이다. 자신을 품어주는 선생님의 애정 어린 관심, 팀이라는 울타리 안에서 함께 동작을 완성해나가는 시간 자체가 소중했을 것이다.

땐뽀반이라는 울타리, 학급 우체통이라는 울타리. 이 울타리를 만들고 이끌어준 선생님들이 없었다면 우리의 고3 시절은 막연한 오늘과 불투명한 내일로 흐릿하게 사라졌을지 모른다. 찬란하게 빛나는 추억 속에서 선생님들은 그 무엇보다 반짝였다.

나의 고등학교 시절을 추억하고 나서야 이규호 선생이 여덟 명의 소녀들에게 전국 대회 한 번 나가자고 권유하신 이유를 알게 됐다. 그냥 춤 말고, '땐스 스뽀츠'를 춘 순간을 공유하기 위해. 함께 스텝을 밟았던 그때를 언제든 추억할 수 있도록. 그 추억 딱 하나만 있어도 인생이 꽤 괜찮을 테니까. 언제고 떠올리며 웃을 수 있을 테니까.

"노력 안 하고
가만히 있는데
멋있어지나?"

———————

"우리가 승진하려고
선생 했냐?
다 애들 가르치려고
선생 한 거지."

———————

# 12

## 기억을 덧칠하다

### 마담 프루스트의 비밀정원
**(2013)**

"

나쁜 기억은

행복의 홍수 밑으로 보내버려.

수도꼭지를 트는 일은

네 몫이란다.

"

과일을 먹지 못하는 친구가 있었다. 호불호가 갈리지 않는 편에 속하는 딸기나 사과도 입에 대지 못했다. 싫어해서 안 먹냐고 물었더니 그건 아니란다. 나는 과일을 좋아해서 이 좋은 걸 혼자 즐길 때마다 아쉬움이 가득했다. 같이 카페를 가면 나는 커피와 논커피(Non-Coffee) 사이에서 갈팡질팡하며 행복한 고민을 하는데 친구는 언제나 '아메리카노'를 주문했다. 하루는 친구가 자기 앞에 커피를 두고서 넌지시 물었다.

"생딸기라테? 딸기 맛 우유랑 비슷하려나?"

"비슷하다고 할 순 있는데, 그건 인공적으로 만들어낸 맛이라 느낌이 아예 달라."

"내 앞에서 맛있게 먹는 걸 보니까 진짜 궁금해서 먹어보고 싶긴 한데 어렸을 때 과일을 먹다가 엄마한테 심하게 혼난 기억이 떠올라서 막상 먹으려면 힘들더라."

자신도 먹고는 싶은데 어린 시절의 나쁜 기억에 사로잡혀 헤어 나오지 못하고 있단 친구의 말에 마음이 무거워졌다. 다 크고 나면 먹을 수 있을 줄 알았다고. 하지만 삶에서 과일과 관련된 기억은 모두 마음을 짓누르는 일뿐이라, 아무리 용기를 내려 해도 과일을 마주하면 기억에 잠식되는 자신을 발견할 뿐이었다고, 과일이라는 두 글자 단어를 듣는 것조차도 힘든 일이라고 고백했다.

'프루스트 현상'. 특정 냄새를 맡으면 과거 기억이 되살아나는 현상을 뜻한다. 친구에게, 프루스트 현상을 통해 과거의 상처와 기억을 떠올리고 정면으로 맞선 뒤 새로운 인생을 살게 된 〈마담 프루스트의 비밀정원〉 속 폴의 이야기를 들려주고 싶었다.

유년 시절 부모를 잃은 충격으로 실어증을 앓고 있는 폴. 그는 자신이 유명 피아니스트가 되길 원하는 두 이모의 댄스 교습소에서 피아노 연주를 하며 살아가고 있다. 폴은 부모와 관련된 기억이 거의 없지만 아빠 아틸라 마르셀이 언제나 괴성을 지르

기억을 덧칠하다

고 난폭하게 굴었던 것만은 기억한다. 몇 장 안 되는 사진에 아빠가 있으면 모조리 오려버릴 정도로 아빠는 폴에게 기억하고 싶지 않은 존재다.

그러던 어느 날 폴은 같은 건물에 사는 마담 프루스트의 집을 방문했다가 그리운 엄마를 만나게 해주겠다는 프루스트의 제안에 응하게 된다. 그렇게 마담 프루스트의 정원에서 프루스트가 내어준 차와 마들렌을 맛본 후 잠에 빠져들며 잊고 있던 기억을 하나씩 되찾는 폴. 행복한 기억만 존재했다면 좋았겠지만 그에게는 아빠와 관련된 무서운 기억도 존재했다. 그래도 그는 괴로운 진실을 마주하기 위해 용기를 낸다. 더 이상 고통받지 않으려면 앞으로 나아가 과거를 밀어낼 수 있는 기억을 만들어야 했으니까. 그리고 마침내 흐릿한 기억 속 무서웠던 아빠가 사실은 자신을 사랑하고 있었고, 부모님을 죽게 한 원흉은 이모들의 피아노였음을 깨닫는다. 부모님을 눈앞에서 잃은 충격을 무서운 아빠의 이미지 뒤에 봉인해두었던 것이다. 그 후 폴은 오직 이모들이 정해준 대로만 살아온 인생을 벗어던진다. 그리고 그를 옭아매던 과거에서 벗어나 그의 뜻대로 살아간다.

과일에 대한 두려움을 만들어낸 친구의 과거는 안개 속에 진실이 숨겨져 있던 폴의 기억과는 달리 너무나도 선명하고 생생해 쓰라릴 정도였다. 하지만 폴이 마담 프루스트의 도움으로 그 기억에 맞설 용기를 냈던 것처럼 내 친구도 과거에 맞설 용기를 낼 수 있도록 새로운 전환점을 만들어줄 사람이 필요하지 않을까.

　그렇게 생각한 나는 친구가 편안한 분위기에서 남의 눈치를 보지 않고 오로지 스스로의 의지로 과일을 먹을 수 있게 자리를 마련해주기로 했다. 어린 시절, 과일을 먹지 못하는 친구를 주변 사람들은 이상하게 생각하거나 비웃었고 그런 태도에 친구는 과일 앞에서 점점 더 작아져만 갔다고 했다.

　우리가 함께 간 곳은 메뉴 선택 폭이 넓은 디저트 카페였다. 먹음직스러운 각종 빵, 케이크 위에 생과일이 곁들여져 있었다. 마침 딸기 철이라 싱싱한 딸기가 아낌없이 올라간 예쁜 딸기 케이크가 시선을 사로잡았다. 친구는 한참을 고민한 끝에 스스로 딸기 케이크를 주문했다. 그리고 남김없이 먹었다. 케이크는 물론 딸기까지도. 친구에게는 억압받거나 눈치 보지 않아도 될 환경에 필요했던 것이다.

우리는 과거의 일들을 기억과 추억으로 분류한다. 둘은 명확히 다르다. 기억이 단순히 지나간 일이라면 추억은 지나가는 일들 중 조금 더 세게 끌어안고 싶은 기억이다. 시간이 흘러 케이크를 먹었던 순간이 오랜 과거가 되었을 때, 친구가 어디선가 풍기는 딸기 향을 맡고 아픔뿐이었던 어린 시절의 기억이 아닌 나와 함께 먹었던 딸기 케이크의 맛을 떠올렸으면 좋겠다. 이제 과일에 대한 나쁜 기억이 행복한 기억으로 덧칠되기를. 너의 '프루스트 마들렌'은 우리가 한남동에서 먹었던 딸기 케이크이길 바란다. 현재를 살아가는 너는 더 이상 아픈 기억에 지배당하지 않아도 된다. Vis ta Vie! 네 삶을 살아라.

"난 천국 따윈 안 믿어.
노력하면 이곳도 천국이야."

"기억은 일종의 약국이나
실험실과 유사하다.
아무렇게나 내민 손에는
어떤 때는 진정제가,
어떤 때는 독약이 잡히기도 한다."

# 13

## 둥지로 돌아온 새

### 레이디 버드

(2018)

**66**

내 이름은
크리스틴이야.

**99**

지금은 사랑하는 우리 동네를 대학생이
되기 전까지는 줄곧 미워하기만 했다. 어디 한번 나가려면 좀처
럼 맞지 않는 버스 배차 시간에 안절부절못하고 전철은 한번 놓
치면 20분은 기본으로 기다려야 하는 동네. 놀러 다니는 걸 좋아
하는 성격은 아니었지만 하고 싶은 게 있어도 뭐 하나 마음대로
할 수 없는 이곳이 너무 미웠다.

　대학을 다니기 시작하면서 그 미움은 폭발하기 일보 직전에
이르렀다. 학교가 서울에 있으니 그동안 동네에서 경험하지 못
했던 것들을 접할 수 있게 됐는데도, 오히려 그래서인지 삐뚤어
진 마음은 자리를 잡기는커녕 점점 더 한쪽으로 내려앉았다. 동
네가 싫어지니 집도 싫어지는 기분이었다. 집과 학교를 오가는

시간이 오래 걸려 과제할 시간을 빼앗기는 것 같았고, 주말이 되면 가족들의 대화나 TV 소리가 시끌시끌해 과제에 집중을 못하겠다며 괜히 짜증을 내기도 했다. 서울에서 혼자 사는 친구들이 부러워지기 시작한 것도 이때부터였다. 나는 저기에서 살아야 할 사람인데 여기에서 사는 기분이 들었다. 그때부터 원대한 꿈을 품었다. '대학을 졸업하면 서울에서 자취할 거야, 꼭.'

동기들 중 서울에 살지 않는 게 나뿐인 것도 아니고 다른 친구들은 잘만 지내는데 내가 괜히 심사가 뒤틀려 그런 건가 싶을 때도 있었다. 그러다 나만큼이나 둥지를 벗어나고 싶어 하는 동지를 만났다. 이 친구는 심지어 부모님이 지어준 이름까지 부정한다. 따분하고 갑갑한 새크라멘토에서 벗어나 멋진 뉴요커가 되고 싶은 '크리스틴', 아니 '레이디 버드다'. 레이디 버드는 자신을 둘러싼 세상 전체를 벗어나고 싶어 한다. 가난도 지긋지긋하고 숨 쉴 틈 없이 이어지는 엄마의 잔소리도 그만 듣고 싶다. 촌스러운 단짝친구 줄리도 재미없고, 잘나가지만 나를 좋아하는 것 같진 않은 남자친구도 지겹다. 새크라멘토에서는 하고 싶은 것도 없다. 이 모든 문제를 해결하기 위해서는 새크라멘토를 떠나야만 할 것 같다.

외면하고 있던 존재의 소중함은 곁에서 멀어진 뒤에야 깨닫는다. 뉴욕에 있는 대학에 입학하는 데 성공한 레이디 버드는 '레이디 버드'로서 살 수 있게 됐는데도 자신을 '크리스틴'이라 소개한다. 간신히 자신의 모든 걸 지우고 새롭게 시작할 수 있게 됐는데도 머릿속에선 새크라멘토가 지워지지 않는다. 뉴욕에서는 술을 진탕 마시고 응급실에 실려 가든, 어떤 남자를 만나고 다니든 잔소리하는 사람도 없지만 그곳에서의 생활은 늘 꿈꾸던 장밋빛은 아니었다. 친한 친구를 만날 수도 없고, 나를 사랑하는 가족의 얼굴을 볼 수도 없는 현실. 매일 끔찍이도 다투던 엄마의 진심도 떠난 뒤에야 알게 됐다. 말로만 사랑한다고 하지 정말로 자신을 좋아하진 않는 것 같았던 엄마가 누구보다도 그를 아끼고 사랑했다는 것을, 쓰다 만 엄마의 편지에서 읽게 된다. 레이디 버드는 더 이상 새크라멘토가 밉지 않았다. 그래서 뉴욕을 떠나 새크라멘토로 돌아간다. 다시 마주한 새크라멘토의 길은 정겹기만 하다.

졸업 후 한참의 시간이 흘렀지만 나는 독립을 하지 않았다. 대신 혼자서 집중할 수 있는 공간이 필요해 서울에 작은 작업실을 얻었는데, 막상 지내보니 서울의 작업실이 그리 편하지 않았다. 그걸 직접 느끼고서야 집에 있는 시간이 길어졌다. 그토록 꿈꾸던 서울살이를 포기한 가장 큰 이유는 '나는 우리 집, 우리 동네에 있을 때 제일 편하고 가족과 함께 사는 게 좋다'는 것이었다. 우리 집에서 바라본 서울과 서울에서 바라본 서울은 차이가 컸다. 새크라멘토에서 뉴욕을 꿈꾸던 레이디 버드가 직접 뉴욕에 갔을 때 느낀 감정이 이런 것이었을까. 적막이 흐르는 작업실에 앉아 있다 보면 저 멀리서 날 귀찮게 하는 엄마의 목소리가 들리고 내 옆에서 뒹굴뒹굴하던 동생의 모습이 아른거렸다. 나무가 많은 우리 동네 공기를 마시다 빌딩이 많은 서울의 공기를 마시고 있으면 빨리 집에 돌아가고만 싶었다.

지금도 가끔 내가 말없이 외출하면 엄마는 전화를 걸어 어디에 갔느냐고 묻는다. 예전이라면 엄마가 내 일거수일투족에 간섭하려는 듯해 신경질을 냈겠지만 지금의 나는 웃으며 답한다.

"한양 구경하러 가출했지. 때 되면 알아서 돌아갈 테니까 걱정 마!"

서울은 여전히 흥미로운 곳이지만 나는 둥지에 있을 때 비로소 진정한 웃음을 지을 수 있다.

# 14

# 재를 털고 날아간 새 곁의 재투성이

## 빌리 엘리어트
### (2000)

**"**

_아빠는 런던에
왜 안 가봤어요?
_런던엔
탄광이 없잖니.

**"**

딸이 매일 미술 학원을 다니기 시작하면서부터 엄마는 예전엔 생각해본 적도 없는 일을 하기 시작했다. 학원에 갔다 오면 이불을 덮고 잠들어 있던 엄마가 언제부턴가 나보다 늦게 들어왔고 입고 나갔던 옷에서는 화학제품 냄새가 났다. 딸이 도화지를 물들이는 동안 엄마는 독한 냄새를 참아가며 액세서리를 알록달록 칠했다. 딸의 꿈을 위해. 엄마가 일을 시작한 데는 내가 모르는 여러 가지 이유가 있었겠지만, 가장 큰 이유는 미술을 하고 싶어 하는 딸을 지원해주기 위함이 분명했다. 딸이 미술 학원에서 겨울방학 특강 비용을 듣고 와서는 "엄마, 내 친구는 특강비가 너무 비싸서 고민 중이래. 난 어떡할까?" 물어봐도 "다녀야지 뭐"라고 다섯 글자를 내뱉을 뿐이었다.

우리 집은 방음이 썩 잘되지 않는다. 내 방에서 아무 소리도 내지 않고 조용히 있으면 옆방에서 나는 소리가 다 들린다. 그래서 우연히 내 옆방인 둘째 동생 방에서 엄마가 하는 말을 들었다.

"너 학원은 누나 입시 끝나고 나면 다녀."

우연이 없었다면 엄마의 선택에 담긴 이유를 몰랐을 것이다. 엄마는 나 때문에 지독한 일을 시작한 것이다.

연고도 없는 지역에서 하루도 놀아본 적 없이 외롭게 일만 한 우리 엄마. 명절 연휴, 고향에서는 고등학교 동창들이 모인다는데 일해야 한다며 그리운 친구들 보러 가지도 못하고 자정을 넘겨 집에 온 우리 엄마. 그렇게 일을 하면서도 꼬박 세끼 밥을 짓고 반찬을 만든 우리 엄마. 탄광이 없어 런던에 가보지 못했다는 빌리의 아빠 재키의 모습에 우리 엄마가 겹쳐 보였다. 발레리노라는 꿈을 향한 빌리의 힘찬 날갯짓은 재투성이 아빠 재키와 형 토니의 뒷받침이 있었기에 가능했다.

〈빌리 엘리어트〉의 주인공 빌리는 영국 북부 탄광촌에 사는 11살 소년이다. 매일 복싱을 배우러 가던 체육관에서 우연히 발레 수업을 본 그는 여학생들의 뒤에서 동작을 따라 해본다. 발레 선생님 월킨슨 부인은 그런 빌리에게서 재능을 발견하고 특별 수업까지 해준다. 하지만 아빠는 처음에 빌리가 발레를 하고 싶어 한다는 걸 알았을 때 발레는 여자들이나 하는 거라며 반대한다.

사실 빌리는 발레를 하기 어려운 환경에 처해 있었다. 빌리의 아빠와 형은 탄광에서 일하고 있었는데 구조조정이 계속되면서 근로자들은 파업에 나섰다. 아빠와 형도 파업에 동참했기 때문에 가정 형편은 점점 더 어려워져, 죽은 엄마의 피아노까지 땔감으로 써야 할 지경이었다. 그뿐인가. 집에는 치매에 걸린 할머니도 있었다.

하지만 처음으로 빌리의 춤을 본 아빠는 월킨슨 부인을 찾아가 발레 학교에 가는 데 필요한 비용을 묻는다. 그리고 아빠는 파업을 그만두고 탄광으로 돌아간다. 빌리의 학비를 벌기 위해. 탄광촌 동료들은 그에게 날계란을 던지며 배신자라 비난하지만 아빠는 묵묵히 탄광으로 향한다.

우리 엄마는 어떤 마음으로 에폭시에 손을 대기 시작했을까.

빌리의 아빠는 빌리가 발레를 하고 싶어 한다는 걸 알았을 때 격렬히 반대했지만, 엄마는 내게 미술을 하지 말라며 반대한 적도 없다. 오히려 잘할 수 있는 거 하나 있으면 좋지 않으냐며 언제나 내 선택을 지지해줬다. 나는 빌리처럼 천재적인 가능성이 있는 것도 아니었는데.

영화의 끝, 마침내 빌리는 아빠의 희생과 사랑을 품고 한 마리의 백조가 되어 힘차게 무대 위를 날아오른다. 나도 무사히 학교를 졸업했고 하고 싶은 일을 하면서 나름대로 잘 살아가고 있다. 엄마는 아직도 휴일 없이 일을 한다. 딸은 위를 향해 올라가고 있는데 엄마는 내려간 그 자리를 계속 지키고 있다. 아니, 어쩌면 더 아래로 내려갔는지도.

엄마의 인생은 예전으로 돌아갈 수 없을지 모른다. 그럼에도 엄마는 후회하지 않는다, 딸을 사랑하기 때문에. 내 딸이 하고 싶은 것을 하게 만들어주는 엄마의 사랑을 품고, 나도 내가 선 무대 위에서 더 높이 날아오르기 위해 오늘도 그림을 그린다.

재를 털고 날아간 새 곁의 재투성이

# 15

# 늦어버린 바통 터치

## 걸어도 걸어도

(2008)

> 늘 이렇다니까.
> 꼭 한 발씩 늦어.

아주 더웠던 여름날의 일이다. 엄마는 세게 두드려야 겨우 나오는 핸드크림을 흔들며 오래 쓸 수 있게 양도 많고 촉촉한 핸드크림 좀 사 오라고 내게 부탁을 했다. 나는 가만히 있어도 땀이 줄줄 흐르는 습한 날씨인데 무슨 핸드크림이냐며 나중에 사 오겠다고 무시했다. 엄마는 다 쓴 핸드크림을 가위로 잘라 썼다. 반으로 잘린 핸드크림 통 사이로 보이는 엄마 손은 온통 하얗게 튼 채 갈라져 있었다. 습도가 최고점을 찍은, 폭염이 절정인 날이었다.

평소에도 엄마가 내게 뭔가를 부탁하면 나는 천연덕스럽게 "귀찮아. 꼭 해야 할까?", "안 하고 싶은데…" 등의 메시지를 귀찮아하는 캐릭터와 함께 보내며 미루기를 반복했다. 아예 엄마 전

용으로 '나중에, 다음에 할게'라는 테마의 이모티콘을 산 적도 있다. 엄마와 친구처럼 메시지를 주고받는 편이라 장난칠 때 써야겠단 생각에 구입한 이모티콘인데, 그것이 장난으로 위장한 불효였다는 걸 〈걸어도 걸어도〉를 보며 뒤늦게 깨달았다.

  료타의 가족은 형 준페이의 기일이 돌아오면 고향 집에 함께 모여 맛있는 음식을 나눠 먹는다. 여느 가족이 그렇듯 이들 역시 식사를 하며 일상적인 대화를 나눈다. 이 식사 자리에 매년 초대받는 사람이 한 명 더 있다. 요시오. 준페이는 10여 년 전 가족과 다 같이 바닷가에 놀러 갔다가 물에 빠진 어린 소년 요시오를 보고 구하려 바다에 뛰어든 뒤 돌아오지 못했다. 한곳에 모인 가족들과 요시오의 모습은 평화로워 보이지만 그 뒤로 각자의 속마음이 뿔뿔이 흩어진 채 숨어 있다가 대화 사이로 한번씩 날카로운 바늘처럼 튀어나와 서로를 콕콕 찌른다.
  매년 미안함에 어쩔 줄 모르는 요시오가 안타까웠던 료타가 어머니에게 이쯤했으면 그를 그만 불러도 되지 않겠냐고 말하자 어머니는 "그 아이한테 1년에 한 번쯤 고통을 준다고 해서 벌 받지 않아. 그러니까 내년, 내후년에도 오게 만들 거야"라며 증오와 냉정을 드러낸다. 똑똑해서 자신처럼 의사가 될 거라 믿었던 큰아들과 달리 기대에 못 미치는 료타를 대놓고 무시하는 아버지의 모습은 둘 사이에 어색함만을 남기고, 자신과 형의 기억을 혼동하며 형 준페이만 그리워하는 부모님이 료타는 섭섭하기만 하다. 다음 설엔 안 와도 되겠다고, 1년에 한 번 봤으면 됐다고 아내에게 말하며 집으로 돌아가는 료타. 그리고 이어지는 내레이션. "3년 뒤에 아버지가 돌아가셨고, 그 후엔 어머니가 돌아가셨다."

영화에는 타이밍에 관한 장면이나 대사가 여러 번 나온다. 저녁을 먹으며 어머니가 물어본 스모 선수의 이름은 다음 날 집으로 가는 버스를 타고 나서야 기억이 나고, 아들의 차를 타고 싶었던 어머니의 바람도, 함께 축구장에 가기로 한 아버지와의 약속도 료타는 모두 이뤄드리지 못한다. 만나면 불편한 가족이어도 멀어진 거리는 좁힐 수 있을 때 좁혀야 후회하지 않는다고 말해주려던 것일까.

다음에, 나중에, 기회가 되면, 시간 될 때… 언제를 바라보고 잡는 건지 알 수 없는 약속. 약속은 서서히 잊히고 상대방의 기다림만 계속된다. 엄마는 딸이 핸드크림을 사 오리라고 믿었을 것이다. 핸드크림은 자꾸만 사라져가는데 시간이 흘러도 핸드크림 비슷한 물건조차 사 오지 않는 딸이 엄마는 분명 섭섭했을 것이다. 일하기 바빠 직접 사러 갈 시간이 없어 부탁한 건데, 딸은 엄마 일은 나 몰라라, 약속을 기억하고 있는지나 모르겠다.

엄마의 심부름을 완전히 잊고 지낸 건 아니었다. 핸드크림 좀 사 오라는 엄마의 심부름이 처음은 아니었으니까. 내가 심부름을 하지 않고 미룬 이유는 단지 귀찮아서가 아니었다. 엄마가 만족할 만한 핸드크림을 산다는 게 어려워서였다. 촉촉하다는 핸드크림을 알아내 호기롭게 사가지고 가서 "이번엔 정말 촉촉하고 향 좋은 핸드크림이야, 좋지?" 물어보면 엄마는, "핸드크림이 그게 그거지 뭐"라고 대답할 뿐이었다. 기다리던 대답이 아니라 은근히 서운한 마음이 들었다. 속으로는 딸이 사준 핸드크림을 마음에 들어했을지 모르지만, 속마음은 밖으로 꺼내지 않으면 모른다. "좋네." 이 한 마디라도 해주길 바랐던 나의 마음.

그래도 서로 내색하지 않는다. 나는 속상함을, 엄마는 서운함을. 가족이라서. 딸과 엄마는 하하 호호 웃으며 수다를 떨기도 하고 실없는 농담을 주고받기도 한다. 진짜 감정은 고이 접어둔 채 살아간다. 응어리진 마음들이 조금씩 쌓여만 간다. 가까워졌다 멀어지기를 반복하지만 같은 선상에는 쉽게 서지 못하는 관계. 가장 가깝다고 느껴도 어느 순간 멀어지는 가족이라는 이름의 타인과 타인.

아무리 쉬지 않고 걸어도 걸어도 서로에게 닿기가 참 힘들다. 마치 이어달리기에서 너무 멀어진 선발 주자를 뒤늦게 쫓아가는 후발 주자를 보는 것 같다. 열심히 따라가 바통 터치를 하려는데 자꾸만 손이 엇갈려 바통은 바닥으로 떨어지고 만다. 급하게 바통을 주워 건네지만 이미 늦어버린 전달. 우리는 늘 조금씩 늦는 탓에 후회라는 굴레 속에서 살아간다.

영화의 엔딩 크레디트가 올라가는 동안 엄마에게 사주지 않은 핸드크림이 생각났다. 곧장 밖으로 나가 핸드크림을 구입했다. 어느덧 여름을 지나 가을, 겨울을 보내고 새로운 봄을 맞이하는 엄마의 손이 여전히 하얗게 튼 채 갈라져 있음을 몰랐던 데 대한 후회를, 그렇게 뒤늦게 끝냈다.

"죽어도
없어지는 게 아니야."

"숨어서 듣는 노래 하나쯤
누구나 있기 마련이에요."

# 16

# 똥강아지가 되지 못해 후회한다

## 할머니의 먼 집
### (2015)

**"**

_할머니 죽으믄 나도 못 본디 괜찮애?

_이제 요만치나 컸응게 괜찮애야.

_안 괜찮애 나는.

**"**

2018년 여름을 떠올려보면 여러모로 마음 한구석이 아릿해진다. 외할아버지, 외할머니가 우리 집에서 보내고 가신 여름 한 달. 알면서도 모른 척했던 감정이 한 번에 휘몰아친 시간.

오랜 시간 괴로웠던 류머티즘성관절염을 더는 약으로 통제할 수 없어, 할머니는 큰맘 먹고 수술을 하셨다. 수술하기로 결심했다가도 무서워서 못하겠다는 번복을 여러 번 하신 후의 일이었다. 젊어서 수술하면 덜 무서울 텐데, 노인은 수술하다가 잘못되기 쉬운 거 아니냐는 걱정 때문이었다.

엄마는 거동이 불편해진 할머니가 괜찮아지실 때까지 우리 집에 계실 거라고 말했다. 1층에 있는 우리 집은 수술 후 힘이 없어진 할머니가 지내시기에 제격이었다. 공기도 좋고 언덕이 없는 평지라 재활 운동을 하기에도 좋았다. 할머니 혼자 오면 적적하실 테니 할아버지도 함께 오실 예정이라고 했다. 과제한다, 일한다는 이유로 자주 뵙지 못했던 할머니 할아버지를 뵙게 된다는 사실에 살포시 웃음이 나면서도, 그 웃음이 어딘가 딱딱한 느낌이 들어 활짝 웃지는 못했다. 살가운 손녀이고 싶었지만 쭈뼛거리며 보낸 세월이 너무 길었다. 함께 산다고 생각하니 당장 아침에 일어나면 어떻게 아침 인사를 할지부터 걱정이었다.

수술을 마친 후 할머니와 할아버지가 집으로 오셨을 때, 나는 부끄럽게도 할머니를 한 번에 알아보지 못했다. 다리가 불편해 마음고생이 심하셨던 걸까. '왜 모르는 할머니가 우리 집에 오셨지?' 하는 생각이 들 정도로 수척해진 할머니가 내 이름을 불렀다.

할아버지 할머니는 우리 집에 계시는 내내 쉬지 않고 움직이셨다. 할머니는 밥물을 맞추는 나를 밀어냈고 할아버지는 내가 설거지를 하려 할 때마다 싱크대 근처에도 못 오게 했다. 게을러서 해가 중천에 떠야 슬금슬금 방에서 나와 존재를 알리는 나는 두 분의 부지런함을 따라갈 수 없었다. 두 분은 집에 아무도 없는 것처럼 손녀가 편히 잘 수 있도록 산책을 하러 밖에 나가시거나 거실에 있어도 조용히 앉아 계시기만 했다. 뒤늦게 부엌에서 그릇 부딪히는 소리를 내고 있으면 딱 한마디를 하실 뿐이었다. "민주는 맨날 저녁에 밥 한 끼 먹어서 되겠어? 밥을 많이 먹어야 기운이 나지."

〈할머니의 먼 집〉이라는 다큐멘터리 영화를 보게 된 건 할머니 할아버지가 김포 집으로 돌아가신 후였다. 아무리 슬픈 영화를 봐도 눈물 흘리는 일이 없었는데 영화를 보는 내내 자꾸만 눈물이 핑 돌았다.

영화의 감독인 이소현 씨는 아흔셋이 된 자신의 할머니 박삼순 씨가 자살을 시도했다는 말을 듣고 취업 준비를 하다 할머니의 집으로 향한다. 할머니는 더 살아서 무얼 하느냐며 한 알 한 알 모은 수면제로 자살 시도를 했다. 이제 더 바랄 것도 없고, 자식들에게 짐만 되는 것 같다며 죽음을 서둘렀다. 유년기를 할머니와 함께 보낸 손녀 소현 씨는 아직 할머니를 보낼 수 없어, 내가 영화를 열심히 찍을 테니까 다 보고 돌아가시라며 할머니와 함께 시간을 보낸다. 할머니는 죽음을 아무렇지 않게 생각하고, 그저 우리 손주들, 자식들이나 건강하면 되지 나는 이제 만사 귀찮고 힘들다고 한다. 그러면서도 자신이 도울 일이 없나 손녀 주변을 서성이는 삼순 할머니. 그 모습에 우리 집에 계시는 내내 집안일을 하시던 할머니와 할아버지가 떠올랐다.

두 분이 떠나시기 일주일 전쯤이었던 걸로 기억한다. 방문을 잠근 채 방에서 할 일을 하고 있던 나는 할머니가 하신 말씀을 분명히 들었다. "괜히 우리가 와서 애들 불편한 거 아니냐."

엄마가 내게 당부했던 말이 떠올랐다. 방 안에만 틀어박혀 있지 말고 할머니 할아버지랑 같이 앉아 있기도 하고 그러라고. 나는 기회가 있었음에도 그러지 못했다. 내가 조금만 용기 내어 가까이 다가갔다면 할머니께서 불편한 마음을 덜 가지셨을 텐데. 하루 한 끼 정도는 할머니 할아버지와 같은 시간, 같은 밥상에 앉아 먹을 수도 있었을 텐데.

노인의 마음은 젊은이들이 절대로 이해할 수 없다. 이 글을 쓰고 있는 나조차 말하기가 조심스럽다. 흐르는 시간 속에서 점점 더 죽음과 가까워지고 있음을 잘 알면서도 피할 도리가 없어

끝을 바라보고만 있는 심정을 본인이 아니라면 어떻게 알 수가 있을까. 자신이 살아 있는 것이 자식들에게 짐이 되는 것 같다고 느낀 삼순 할머니의 마음을 감히 이해할 수 없었다. 젊은이가 할 수 있는 일이라고는 가까이 계실 때 좋은 추억을 많이 만들어드리는 것뿐이다. 오래오래 건강히, 행복하게 함께하고 싶지만 끝이 가까워져 있음을 알기에.

김포로 떠난 할머니와 할아버지는 엄마와 통화를 하면서 이런 말을 하셨다고 한다.

"잠깐 같이 지냈다고 더 보고 싶고 그러네. 애들은 잘 있지?"

엄마가 전해준 말에 나는 이 말만 겨우 할 수 있었다.

"맨날 방문 잠그고 있던 손녀 뭐가 예쁘다고 그리워하셔…."

이제 후회는 그만해야 할 것 같다. 소현 씨와 삼순 할머니가 서로 꼭 끌어안고 있던 모습을 더는 부러워만 하고 있지 말아야겠다. 다시 두 분이 오셨던 그날로 돌아가고 싶지만 그럴 수 없으니 우리 강아지 제일 보고 싶어 하시는 할머니 할아버지께 자주 모습을 보여드려야겠다. 다음에 김포에 가면 나도 똥강아지가 되어봐야지. 어느 날 훌쩍 떠나시기 전에 하루라도 빨리.

"나는 할머니가
우리 이름을
기억해주길 바란다."

# 17

## 용기의 원동력

### 윈더

**(2017)**

> **"**
>
> 힘겨운
> 싸움을 하고 있는
> 모두에게 친절하라.
>
> **"**

액세서리에 관심이 없었는데, 하루는 잡화점에 갔다가 반지 하나에 시선을 빼앗겨 눈을 뗄 수가 없었다. 같이 갔던 친구가 뭘 그렇게 보고 있냐며 다가오자 나는 황급히 시선을 돌렸다. 하지만 그곳에 너무 오래 서성였는지 친구는 금세 눈치를 채고 말했다.

"반지 사고 싶어?"

"그냥 구경만 한 거야. 너처럼 손이 길쭉하면 사는데, 난 아니라서. 사봤자 이상해서 안 하고 다닐 것 같은데 뭐."

"자기가 사고 싶으면 사는 거지. 끼고 싶으면 끼고. 하나도 안 이상해."

묘하게 그 말에 용기가 생겨, 자꾸만 손길이 갔던 반지를 구입했다. 반지를 낀 내 손이 꽤나 마음에 들었다. 평생 가져본 적 없던 마음이 생겼다.

'그러게. 왜 이상할 거라 생각했을까? 반지를 끼는 건 내 마음인데.'

이제는 정확히 기억나지도 않는 갓난아기 시절, 호기심이 넘쳐나는 탓에 밥솥의 증기를 맨손으로 만져버렸다. 엄마가 미처 막을 수 없었던 찰나의 순간에 일어난 일이었다고 한다. 그때 잘 치료가 됐다면 좋았겠지만, 슬프게도 적절한 치료를 받지 못해 문제가 생겼다. 갓난아기가 무럭무럭 자라 초등학교 고학년이 되었는데도 검지는 초등학교 입학 전 길이에 멈춰 있었다.

결국 초등학교 4학년 때 피부를 이식해 길이를 늘이는 수술을 했고, 오른손과 비슷한 길이의 검지를 얻게 됐다. 하지만 왼손의 나머지 손가락들은 붕대 속에서 전부 짓물러 울퉁불퉁해지고 이리저리 휘었다. 그때부터 손가락 콤플렉스는 더 심해져 손가락을 가리고 다닐 온갖 방법을 터득했다. 못생긴 손가락이 미워서 보기 싫은 마음에 가렸다기보다는 주변 사람들이 자꾸만 물어보는 상황이 싫었고 그 시선을 피하고 싶었다.

소매를 끌어 내려 손가락을 가리기 바빴던 나는 〈원더〉를 보며 기형인 얼굴로 태어난 어기가 집 밖에 나설 때마다 헬멧을 쓰는 행동이 마음에 와닿았다. 홈스쿨링을 하다가 5학년이 되어 처음으로 학교를 다니게 된 어기는 지구인들의 세상에 발을 내디딘 우주인이다. 어느 정도 예상하긴 했지만 아이들은 어기를 괴물 취급하고 날카로운 시선을 보낸다. 어기에게 아이들의 시선은 27번의 수술보다 더 아픈 고통이다. 그럴 때마다 어기는 우주인이 된 듯한 상상을 하며 견뎌낸다.

어기에게는 이런 고통을 함께 이겨낼 수 있도록 진실한 사랑을 주는 부모님과 누나 비아가 있다. 가족들은 자신들의 삶을 살아가며 어기를 돕는 일이 쉽지 않았을 텐데도 어기가 헬멧 없이 고개를 들고 서 있을 수 있도록 그의 성장을 도왔다. 또 어기에게는 선한 마음을 가진 친구들도 생기기 시작했다.

처음 어기와 친구가 되어준 잭은 할로윈 축제에서 어기에 대한 뒷담화를 해 잠시 사이가 멀어지지만, 어기를 좋아하는 자신의 진심을 깨닫고 진정 어린 사과를 한다. 이후 잭과 어기는 둘도 없는 친구가 된다. 그러는 사이 어기에게 다가오지 않던 친구들도 어느 틈엔가 먼저 다가와 친구가 되자고 말한다. 차가운 세상 속 따뜻한 온기가 서서히 퍼져나가며, 마침내 어기는 헬멧 없이도 세상에 발을 내디딜 수 있는 지구인이 된다.

따뜻한 세상에서 무사히 5학년을 마친 어기가 엄마에게 건네는 말이 있다.

"엄마."

"응?"

"고마워."

"뭐가?"

"학교 보내줘서. 화날 때도 있었지만 이젠 정말 행복해."

"넌 정말 기적 같은 아이야. 기적 그 자체."


어기는 더 이상 헬멧으로 얼굴을 가린 채 방 안에 자신을 가두지 않아도 되고, 자신이 우주인이라는 상상을 하지 않아도 된다. "어기의 외모는 바꿀 수 없어요. 그러니 우리의 시선을 바꿔야죠"라던 어기 선생님의 말처럼, 주변의 친절이 어기의 진정한 성장을 도왔다. 내가 친구의 말을 듣고 반지를 살 용기를 낸 것처럼, 어기와 함께해준 사람들이 어기의 용기였다.

용기의 원동력

종류가 무엇이든 힘겨운 싸움을 하고 있는 이들에게 친절이
되어주자. 친절이 곧 용기다.

"외모는 바꿀 수 없어요.
그러니
우리의 시선을 바꿔야죠."

---

"옳음과 친절함 중
하나를 선택할 땐
친절함을 선택하라."

---

# 못하는 것 (X) 못 했던 것 (O)

---

## 칠곡 가시나들

**(2018)**

내 나이 88세,
마음은 팔팔하다.

# 가나다라

"도대체 뭔데 둘이서만 재밌게 놀아? 나도 좀 알려줘 봐!"

동생과 방바닥에 나란히 누워 게임에 열중하고 있던 내 귀에 엄마가 던진 말이 팍 꽂혔다. "또 동생 데리고 공부는 안 가르치고 게임이나 가르치지!"가 아니라니, 평소와 달라도 너무 다른 말이었다.

내가 하던 게임은 조작법이 간단하고 쉬워서 엄마가 하는 데도 큰 어려움이 없을 듯했다. 그렇지만 나는 내 멋대로 엄마의 의사보다 내 판단을 우선했다.

"이걸 하겠다고? 엄마가 무슨, 어린애들이 하는 게임을!"

"일단 해보겠다니까? 너도 재밌게 하면서 엄마는 왜 못해?

빨리 내 핸드폰에도 깔아놔!"

　몇 번 하다가 그만두겠지 생각하며 엄마의 핸드폰에도 같은 앱을 설치해줬다. 알록달록한 우리 핸드폰 화면이랑은 달리 밋밋한 기본 설정이었던 엄마의 핸드폰 화면에서 귀여운 캐릭터가 첫인사를 했다. 그때부터 엄마의 삶에 그동안 없었던 종류의 미소가 생기기 시작했다.

　"너 레벨 몇이야?"

　"나? 21레벨. 엄마는 아직 멀었지?"

　"멀긴 뭐가 멀어? 나도 너랑 별로 차이 안 나는구먼. 난 19레벨이다!"

　"벌써? 언제 그렇게 했대!"

　집과 일터를 왔다 갔다 하는 게 전부였던 단조로운 일상에 새로움이 생긴 엄마의 기쁜 질주였다. 세 명의 자식을 키우기 바빠 접할 기회조차 없었던 게임. 게임을 하기 시작하면서 창문만 멍하니 바라보던 출근길, 퇴근길을 엄마는 재밌게 보내게 됐다. 일할 때를 제외하고는 귀여운 캐릭터들과 인사하느라 쉴 틈이 없었다. 새로운 캐릭터를 발견하면 입을 막으며 특유의 표정(글로 표현할 수 없는 엄마만의 표정이 있다)으로 "이건 또 뭐야! 얘도 귀

엽네!"라며 즐거워했다. 그런 엄마의 모습에 칠곡의 일곱 할머니들이 떠올랐다.

〈칠곡 가시나들〉은 이제 막 한글을 배우기 시작한 할머니들의 이야기를 다룬 다큐멘터리 영화다. 평균 나이 86세, 평범한 일상을 살아가던 경상북도 칠곡군의 일곱 할머니들은 한글을 배우면서 전에 몰랐던 재미에 눈을 뜬다. 일제강점기에는 한글 사용이 금지됐고 이후에도 여성에게는 배움의 기회가 없었던 시대를 살아왔기에 한글을 익히지 못한 할머니들은, 때로는 없는 글자를 창조해내기도 하고 커닝도 하고 받아쓰기 시험에서는 '포드'를 엉뚱하게 '표도'나 '보도'라고 쓰기도 하지만 수업 시간 내내 웃음꽃이 가득하다. 선생님이 내는 퀴즈를 맞히기 위해 열심히 손도 든다. 시내에 나가면 간판 글자를 구경하기 바쁘다. 한글을 알게 되면서 자신의 이름 석 자도 써보고, 자식에게 편지도 쓰고, 감정을 시로 표현해보기도 한다. 한글을 배운 이후 할머니들은 매일이 즐겁고 설렌다.

나는 왜 당연하게 엄마가 게임에 관심이 없을 거라고 생각했을까. 온종일 고된 일만 하는 엄마의 하루에 즐거운 일 하나 만들어줄 생각은 못하고 '엄마가 무슨 게임을 하느냐'는 편견이나 갖고 있었다니. 나이가 든다고 재미를 모르고 즐거움을 모를까. 나이가 든다고 배우고 싶은 게, 하고 싶은 게 없을까.

　엄마는 그때 설치했던 게임을 아직도 열심히 하는 중이다. 엄청 잘할 뿐 아니라 내 레벨을 뛰어넘은 지도 오래다. 게임을 못하는 것이 아니라 몰라서 못 했던 것이다. 가끔 엄마가 "이것 좀 봐라! 나는 신기한 거 있다!"라고 내게 없는 캐릭터를 자랑하며 약 올리는 모습이 얄밉다가도, 진심으로 기뻐하며 활짝 웃는 엄마를 볼 수 있어서 참 행복하다. 엄마의 하루에 재밌는 일이 생겨서 참 기쁘다. 우리 엄마가 할머니가 되어서도 게임을 했으면 좋겠다. 한글을 배우고 "사는 기 재미지다"던 칠곡 할머니들처럼.

포도 보도

# 19

## 당도 0퍼센트가 100퍼센트에 도달하려면

### 앙: 단팥 인생 이야기

**(2015)**

> 단팥을 만들 때 나는 항상
> 팥의 이야기에 귀를 기울입니다.
> 그것은 팥이 보아왔을
> 비 오는 날과 맑은 날 들을 상상하는 일이지요.
> 어떠한 바람들 속에서 팥이 여기까지 왔는지
> 팥의 긴 여행 이야기들을 듣는 일이랍니다.

작업실에서 수강생을 모집해 그림 수
업을 할 때면 항상 거듭 강조하는 말이 있다. 채색을 할 때 면적
을 채우기 급급해 빠르게 칠하는 데 집중하면 종이는 색을 받아
들일 시간이 부족해 힘들어한다고, 조금 느리더라도 차곡차곡
색을 쌓아야 색이 곱게 스며든다고. 그래서 〈앙: 단팥 인생 이야
기〉를 보며 센타로가 만든 팥소와 도쿠에 할머니가 만든 팥소의
차이는 특별한 비법이 아닌 마음에서 시작됐으리란 걸 알 수 있
었다.

일본식 단팥빵인 도라야키 가게 '도라하루'의 주인 센타로는
생계를 유지하기 위해 도라야키를 만들며 하루하루를 무미건조

하게 살아가는 청년이다. 그런 센타로에게 아르바이트 공고를 보고 시급을 덜 줘도 괜찮으니 자신에게 자리를 달라며 도쿠에 할머니가 찾아온다. 도쿠에는 센타로에게 빵은 괜찮은데 단팥이 좀 아쉽다며, 단팥은 마음으로 만드는 거라고 자꾸만 훈수를 두고 그런 도쿠에가 성가셨던 센타로는 채용을 거절한다. 하지만 우연히 맛본 도쿠에의 팥소는 전화 한 통이면 배달되는 업소용 팥소와는 확실히 달랐다. 센타로는 도쿠에와 함께 일해보기로 결정한다.

존재하는 모든 것을 소중히 여기는 도쿠에가 도라야키를 만드는 자세는 주변 사람들을 변화시킨다. 그는 이 세상에 존재하는 모든 것은 저마다의 언어를 갖고 있으며, 각자가 품은 의미가 있다고 생각한다. 사람이라면 그저 먹을거리, 음식의 재료로 생각할 팥에게도 따스한 마음을 표하며 조심스레 다가간다. 팥을 갑자기 끓이는 건 실례라면서 팥과 설탕이 친해질 시간까지 생각하는 도쿠에 할머니의 따스한 마음. 누가 만들었든 갓 만든 도라야키는 따뜻하겠지만 도쿠에의 팥소가 들어간 도라야키는 마음의 온기까지 더해져 있다. 어느새 사람들은 마음이 담긴 도라하루의 도라야키를 맛보기 위해 줄을 서기 시작한다.

나는 그림을 그리는 사람이니 그림 그리는 자세에 도쿠에 할머니의 철학을 대입해본다. 팥소를 만드는 일과 그림을 그리는 일은 닮았다. 종이와 채색 도구가 친해질 시간 없이 급하게 그린 그림은 손길이 닿은 흔적에서 티가 난다.

그림을 그릴 때 느릿느릿 선을 긋고 조심스레 색연필을 문지르는 내가 나 스스로도 답답했던 적이 있다. 빠르게 그린다고 그림체가 크게 변질되는 것도 아닌데 왜 그렇게 머뭇거리는 걸까. 하지만 모든 행동에는 이유가 있다. 빠르게 그린 그림은 성에 차지 않으니 느릿함은 필연적인 선택이다. 이제는 서두르지 않는 내가 좋다. 그림을 느리게 완성하는 건 종이와 색연필이 친해질 시간을 충분히 주고 기다려주기 때문이라고 생각한다.

센타로의 날카로웠던 마음은 도쿠에와 함께하는 동안 서서히 뭉툭해진다. 그러나 작은 도라야키 가게의 행복은 오래가지 못하고 끝이 난다. 도쿠에가 묻어두고 싶었던 비밀이 밝혀지며 손님이 뚝 끊긴 것이다. 그 비밀을 알았을 때, 센타로는 더 이상 도망치지 않았다. 도라야키를 좋아하지도 않고, 관심도 없지만 도라야키 가게를 운영한 센타로. 과거 술집에서 싸움을 말리다가 실수로 도라야키 가게 사장에게 장애를 남기는 실수를 저질러 빚을 갚는다는 심정으로 하루하루 무료하게 영업을 했다. 그래서 업소용 팥소를 아무렇지 않게 사용했던 것이다.

이제는 다르다. 센타로는 도쿠에를 통해 삶을 살아가는 자세를 바로잡게 된다. 그는 팥의 소리를 들으며 팥소를 만들게 되었다. 어머니의 이야기조차 귀 기울여 듣지 않던 과거와는 달리 점차 주변에 귀를 기울이며 살아가기 시작한다.

팥의 소리를 들어야 맛있는 도라야키가 나오는 것처럼, 누군가의 삶을 귀 기울여 들었을 때에야 비로소 쓸 만한 인생이 된다는 사실을 알았기 때문인지도 모른다. 그렇게 도쿠에는 도라야키 가게를 찾은 사람들에게 얼마 남지 않은 자신의 인생을 바쳐 삶의 기쁨을 알려주려 했을지도.

팥소가 들어간 빵을 먹을 때 팥 알갱이가 씹히지 않으면 기분이 좋다. 달달한 팥소가 남김없이 혀에 사르르 녹아든다. 내 그림이 사람들의 마음에 그렇게 녹아들었으면 하는 마음으로, 달달한 팥소의 맛을 음미한다.

당도 0퍼센트가 100퍼센트에 도달하려면

# 20

## 운명 공동체

***

### 집의 시간들
(2017)

**"**

집은 나의 모든 거죠.

나의 모든 것을 생성하는 곳이죠.

왜냐하면

내 집에는 내가 하고 싶은

모든 게 다 있잖아요.

**"**

110cm

100cm

　　　　　　　13년 넘게 같은 구조의 방에서 살다 보
니 답답한 마음이 들었다. 새해가 되면 사람들이 새로운 다짐들
을 하면서 나름의 방식으로 변화를 주듯이 나는 내 방에 변화를
주기로 했다. 초등학생 때부터 사용한 책상에 작별을 고하고 새
책상과 서랍장을 마련하기로 한 것이다.

　조금 부끄럽지만 내 방은 굉장히 지저분했다는 사실부터 밝
힌다. 책상은 이미 제 역할을 잃은 지 오래되었으며 서랍에는 추
억의 물건이라는 수수깡이 그대로 보존되어 있을 정도로 언제
부터 거기 있었는지 모를 잡동사니가 한가득이었다. 어디서부
터 손을 대야 할지, 이 방에서 떠나가도 괜찮은 존재가 몇이나
되는지 알 수 없었다. 정리할 시간이 필요했다.

물건을 찬찬히 들여다보기 위해 책장을 꺼내고 서랍장을 끌어냈다. 그러자 내 시선이 예상치 못한 곳으로 이끌렸다. 책장이 닿아 있던 벽지에 책장 모양 그대로 누런 자국이 있었고, 서랍장이 있던 바닥엔 서랍장의 무게에 짓눌려 팬 자국이 있었다. 이대로는 새 가구를 배치한다 해도 그 거대한 자국이 신경 쓰일 게 분명했다.

문득 집안을 구석구석 둘러보니 세월의 흔적은 곳곳에 묻어 있었다. 몇 번이나 손을 댔는지 가늠조차 안 되는 전등 스위치 부분은 때가 타 묘한 회색 기운을 띠고 있었고, 방문 손잡이에는 10년 전쯤 동생이 붙인 스티커가 너덜너덜해진 채 붙어 있었다.

이제는 과거의 공간이 되어버린 〈집의 시간들〉 속 둔촌주공아파트를 보며 지저분해 보였던 내 방의 자국이 다르게 보이기 시작했다.


1980년 입주를 시작해 40년 가까운 세월 동안 수많은 거주민들의 역사가 기록된 둔촌주공아파트가 재건축을 이유로 모두 철거됐다. 영화는 재건축을 앞둔 이 아파트에서 시간을 보낸 주민들 각자의 사연을 소개한다. 노후된 탓에 녹물이 나오고 때때로 단수가 되고 겨울에는 단열이 잘 안 돼 추워도 주민들은 이곳을 사랑했으며 떠나보내기 아쉬워했다. 다양하고 큰 나무들로 둘러싸여 발코니에서도 아름다운 벚꽃놀이를 즐길 수 있도록 해준 '나무 숲', 모든 동이 5층과 10층으로 이뤄져 아늑하고 조용한 별장 같은 모습과 운동장에서 이웃집 빨래가 보일 만큼 가까운 학교. 그리고 '둔촌냥이' 이주 프로젝트를 통해 안전하게 살 곳을 찾아간, 주민들과 함께 살던 100여 마리의 길고양이들까지.

생성과 소멸의 순환을 막을 수는 없는 노릇이지만, 둔촌주공아파트의 철거가 씁쓸한 이유는 단순히 이곳이 가장 오래된 대규모 아파트여서가 아니라 집을 수없이 드나들며 만들어진 사람의 이야기가 쌓인 곳이기 때문이었을 것이다. 둔촌주공아파트를 떠나보낸다는 건 오랜 시간 축적된 삶의 기록을, 오랜 삶의 동반자를 떠나보낸다는 뜻이었다.


대상이 무엇이든, 오랜 시간을 함께하다 헤어진다는 건 너무나도 슬픈 일이다. 딱 한 번의 이사 이후 지금의 집에 흔적을 남긴 지 어느덧 13년. 나와 함께 살아온 집의 모든 것에 내 삶이 흘러간 길이 차곡차곡 새겨지고 있었다. 집은 서랍장의 무게를, 때 묻은 손길을, 깔깔거리고 투덕거리던 가족들의 시간을 오롯이 품어주고 있었다.

특별한 일이 없다면 우리는 앞으로도 계속 여기서 살아갈 것이다. 둔촌주공아파트 40년에 비하면 이제 막 역사를 써 내려가기 시작한 셈인 우리 집. 나는 책장과 서랍장이 남긴 거대한 자국을 가리지 않기로 했다. 지저분하거나 낡았다고 생각하기보다 내 삶의 결이 촘촘히 기록되고 있는 것이라 생각해본다. 그리고 이 모든 걸 품어주는 집에 감사함을 표한다.

앞으로도 잘 부탁해, 나의 집.

운명 공동체

# 21

## 포기가 가져다줄 새로운 시작

### 프란시스 하

**(2012)**

**66**

제 직업이요?

설명하기 힘들어요.

진짜 하고 싶은 일이 있긴 한데

진짜로 하고 있진 않거든요.

**99**

FRANCES HA

　　　　　　　　고등학생 때 경제 과목을 배우며 '기회
비용'이란 단어를 알게 됐다. 벼락치기형 공부를 했던 나는 시험
을 보고 나면 금방 잊어버릴 단어라고 생각했으나, 기회비용은
오래도록 내 머릿속을 떠나지 않았다. 인생에서 수많은 선택지
중 '둘 다' 고르는 호사를 누릴 일이 별로 없다 보니 언제나 '기회
비용'을 떠올려야 했다. 한 가지를 선택하면 다른 한 가지는 포
기해야 하는 선택의 연속.


　　27살 뉴요커 프란시스에게는 두 가지 꿈이 있다. 자신의 명
의로 된 집을 마련하는 것 그리고 현재 자신이 속한 무용단의 전
속 무용수가 되는 것. 하지만 그의 현실은 비싼 집값 때문에 안

정적인 거처 없이 여러 번 이사를 다녀야 하고, 정식 무대에는 몇 번 서본 적도 없는 견습 무용수다. 꿈꾸고 있는 미래는 아름답지만 아직 이룬 것이 없는 프란시스. 이렇게 꿈만 꾸고 있기엔 27살이라는 나이가 조금씩 마음에 걸리기 시작한다. 이제는 어리다고 할 수 없을 것 같은 나이. 다가오는 크리스마스 공연에는 설 수 있을 줄 알았는데 그마저도 임시 해고 통지를 받는다. 색이 없는 흑백영화 〈프란시스 하〉는 프란시스의 녹록지 않은 삶과 마음을 대변하는 듯하다.

그래도 프란시스는 춤추기 바쁘다. 고된 현실에도 언제나 밝고 씩씩하다. 무용단과의 미팅을 앞두고는 신용카드를 긁어 파리로 2박 3일 여행을 다녀오기까지 한다. 딱히 계획 없는 여행을 다녀온 후 가진 미팅의 결과는 실패였지만 안정적인 수입을 얻을 수 있는 무용단 사무직 제안도 단호하게 거절한다. 심지어 다른 무용단과 전속 계약을 했다는 거짓말까지 해버린다. 프란시스에게는 춤을 추며 꼿꼿이 서 있겠다는 자존심이 있었다.

그렇게 자존심 하나로 버티던 프란시스였지만 졸업한 대학에서 잡일을 하며 숙식을 해결하는 형편에 이르게 되자 결국 삶을 바꾸기로 결심한다.

프란시스의 결심이 내게도 있었다. 엄마한테 종종 손을 벌리고 매달 저축 금액을 조금씩 줄이면서 그림에 대한 마음에 균열이 생기기 시작했다. 친구를 만나서도 '지금 저걸 사 먹으면 며칠 동안 약속을 잡지 말아야 되겠지?' 하고 생각하며 잔고를 계산하기 바쁜 내가 구차했다. 그냥 편하게 살고 싶어서 지금의 생활을 유지하고 있는 것 같았다. 내 마음대로 자고 내 마음대로 일어나는 게 좋아서. 내가 어떻게 하든 뭐라 하는 사람이 없어서.

한번 불안해진 마음은 균형을 잃은 채 한없이 기울어졌고, 이상과 현실의 균열이 점점 벌어지면서 나는 여태껏 들어가 본 적 없던 취업 정보 사이트를 들락거리기 시작했다.

그동안 취업을 생각해보지 않았던 건 아니다. 하지만 이번에는 진심이었기에 행동으로 옮겼다. 구인 공고들을 한참 살피다 가장 매력적인 공고를 눌렀다. 마감 기한이 하루도 채 남아 있지 않았다. 타이머가 부지런히 깜박거리는 채용 공고를 보며 당장 그 회사에 들어가야겠다고 결심했다. 물론 뽑혀야 다닐 수 있지만, 근거 없는 자신감을 앞세워 그럴 수 있을 거라 생각했다. 컴퓨터에 묵혀뒀던 포트폴리오와 자기소개서를 찾아내 새벽 내내 고쳤다.

프란시스는 포기했다. 그토록 원하던 무용수의 꿈을. 꼿꼿이 서 있던 자존심을 꺾고 결국 사무직을 선택한 것이다. 그리고 춤추는 일 대신 안무 창작을 시작한다. 꿈을 포기하고 꿈의 근처에서 서성이는 쪽을 택한 셈이다. 그래서 그녀의 인생이 무너졌을까? 아니, 평생 꿈꾸던 '전속 무용수'라는 꿈을 기회비용으로 쓴 대신 자신의 명의로 된 집을 마련하겠다는 꿈을 이룬다. 우편함에 자신의 이름을 끼워 넣는 프란시스의 모습은 행복해 보인다. 비록 무용수 '프란시스 할러데이'의 삶은 더 이상 꿈꿀 수 없게 됐지만 내 집이 있는 안무 창작가 '프란시스 하'로서의 삶을 시작하게 됐다.

나 또한 새로운 시작을 했다. 고작 하루를 투자해 지원했으니 떨어져도 속상해하지는 않겠다고 가볍게 마음먹었는데 서류 전형에 합격해 면접을 본 나는 일주일 만에 완전히 다른 세상에서 살게 됐다. 집으로 돌아가는 전철에서 합격 통보를 받고는 엉엉 울었다. 그 순간의 복합적인 심정을 어떻게 말로 표현할 수 있을까. 그 와중에 제일 먼저 들었던 생각은 '아, 이제 매달 고정 금액으로 저축할 수 있다!'였다. 이게 너무 좋아서 울었다.

포기가 가져다줄 새로운 시작

〈족구왕〉 만섭이를 볼 때의 굳건했던 그 마음이 어떻게 한순간에 바뀌었는지는 정확히 설명하지 못하겠다. 그저 지금이 아니면 영원히 바로잡을 수 없을 것 같았다. 바로잡는다는 표현이 지난날을 완전히 부정해버리는 것 같지만 그래도 평생 불안정하게 살기는 싫었다. 이제는 여유롭게 그림을 그릴 시간도, 하루를 정리해볼 시간도 없을 만큼 회사에서 바쁜 나날을 보내고 있지만 후회는 없다. 디자이너로 산다고 해서 그림을 못 그리는 건 아니니까. '가끔 그림도 그리는' 디자이너가 되면 된다.

지금 이 글을 읽고 있는 당신이 선택의 기로에 서 있다면, 한 번쯤 포기를 해보는 것도 나쁘지 않다고 말해주고 싶다. 우리의 포기는 새로운 기회를 가져다줄 것이다. 혹시 모르지 않나. '프란시스 하'가 세계적인 안무가로 우뚝 서게 될지.

"문 열어둘게.
울고 싶거나 하면
나 부를 수 있게."
_____

"거기엔 비밀스런 세계가
존재하고 있어요.
사람들에 둘러싸여 있어도
우리만 아는 세계."
_____

# 22

## 내일을 함께해줄 사람이 있어 행복한 오늘

### 내일을 위한 시간

**(2014)**

<blockquote>

**"**

우리 잘 싸웠지?
나 행복해!

**"**

</blockquote>

한 사회의 구성원으로 살아가다 보면 개인의 힘으로는 도저히 해결할 수 없는, 뜻하지 않은 문제들에 부딪히게 된다. 누군가 내 편이 되어줬으면 하는 순간, 내 손을 잡고 함께 싸워줬으면 하는 순간이 생긴다. 〈내일을 위한 시간〉의 산드라가 맞닥뜨린 현실처럼.

　우울증으로 휴직 중이었던 산드라는 복직을 앞두고 하늘이 무너지는 소식을 듣는다. 자신의 해고 여부를 두고 찬반 투표를 했는데 단 두 명을 제외하고는 모두 찬성했다는 이야기였다. 처음부터 산드라 편이었던 동료 줄리엣에 따르면 회사 측에서 '1,000유로의 보너스'와 '산드라의 복직' 중 하나만 선택하라는 지시를 내렸다고 했다. 줄리엣의 항의로 공정하지 않았던 투표는 무효화되고, 다가오는 월요일에 재투표를 진행하게 됐다. 과반수만 나오면 산드라는 다시 회사를 다닐 수 있다. 복직하지 못하면 생계가 어려워지는 그녀에게는 동료의 한 표가 절실하다.

나는 아직 회사 생활을 길게 하지 않았지만 동료의 소중함만큼은 확실하게 알고 있다. 입사한 지 고작 3개월이 지났을 때였다. 팀에서 제일 말단인 내가 브랜드의 디지털 콘텐츠 방향성을 제시하는 제안서 디자인 작업을 처음부터 끝까지 맡아 하게 됐다. 상상도 못했던 일이었다. 제안서 작업은 팀의 실적을 좌지우지하는 일인데, 50장 분량의 파일을 반나절 만에 완성해 자정이 되기 전에 제출해야 했다. 이미 해는 저물고 있었고 내가 작업을 끝내기만 기다리는 무수한 눈길에 뒤통수가 따가웠다.

혼자서는 절대 완성할 수 없을 거라는 확신이 들었다. 하지만 동료에게 도와달라는 말을 할 수가 없었다. 이 일을 감당해야 하는 건 정확히 따지자면 '나 하나'였다. 동료는 영상 디자이너였고, 나는 영상 외의 디자인 작업을 위해 뽑힌 인력이었으니까. "레이아웃은 어느 정도 잡았으니까 혼자서 바짝 하면 어떻게든

끝은 낼 수 있을 것 같아"라는 말로 동료를 보내려 했다. 저녁까지 혼자 먹으면 너무 외로우니 저녁은 같이 먹어주겠냐는 부탁과 함께.

산드라가 동료들에게 자신의 편에 서달라고 쉽게 말하지 못한 이유. 그건 보너스, 즉 돈을 포기하라는 말과 다름없었기 때문이다. 산드라의 동료들은 그럴 수 없는 저마다의 사정이 있었다. 생계가 걸린 문제까지는 아니었어도 정시 퇴근이 가뭄에 콩 나듯 하는 우리 직군 특성상 모처럼 일찍 들어갈 수 있는 동료에게 자신의 일도 아닌 내 일로 야근을 해달라고 붙잡을 수가 없었다.

함께 저녁을 먹고 식당 출입문을 나서는데 문득 뭔가 이상했다. 동료의 손이 허전했다. 가방이 없었다.

"너 왜 가방 안 가져왔어! 할 일 아직 남았어?"

"아니… 뭔가 가면 안 될 것 같아서. 그리고 너 도와줘야지."

동료는 괴로워하는 내게 적당한 위로의 말을 건네고 퇴근할 수도 있었다. 자신의 업무를 다 마쳤으면 퇴근하는 게 당연한 일이니까. 혹은 저녁을 같이 먹은 것만으로도 할 만큼 했다고 생각할 수도 있었다. 동료가 날 도와줄 이유는 딱히 없었다. 굳이 이유를 만들어보자면 같은 디자이너 직군 그리고 동갑내기 친구라는 것 정도?

나는 동료와 함께 늦은 시간까지 고군분투했음에도 결국 제안서를 제대로 완성하지 못했고 엉성한 상태로 제출을 해야 했다. 그 짧은 시간 동안 디자인 작업을 마치는 것만도 무리였는데, 끊임없이 바뀌는 내용을 수정하기까지 해야 했으니 디자이너의 잘못은 아니었다. 그래도 왠지 모르게 내가 못해서 그렇게 된 것만 같았다.

너무 허탈해 혼자 옥상에 올라가 숨죽여 울고 있는데, 어떻게 알았는지 동료가 내가 있는 곳으로 찾아와 내 어깨를 토닥여줬다. 그 순간 거짓말처럼 허탈함 대신 '참 다행이다'라는 안도감이 나를 채웠다. 그 순간 혼자였다면 나는 와르르 무너져 내렸을 것이다. 내 괴로움에 공감하고 곁을 지켜준 동료가 내게는 버팀목이었다.


산드라는 복직을 위해 주말 내내 동료들을 한 명 한 명 찾아다니며 설득했다. 흔쾌히 자신의 편이 되어주는 동료가 있는 빈면 매몰차게 거절하는 동료도 있었다. 산드라의 편이 되어주지 않은 동료들에게는 각자 분명한 이유가 있었다. 큰 금액은 아니어도 각종 공과금을 처리하거나 미루고 있던 집수리를 하는 등 삶의 질을 조금이나마 윤택하게 만들 수 있는 돈이었다. 결국 월요일의 재투표에서 산드라는 과반수를 얻지 못했고 복직에 실패한다. 하지만 산드라에게는 자신의 편으로 돌아서준 동료들이 있었고, 언제나 곁에서 함께 싸워주는 남편과 줄리엣도 있었다. 원래 목적인 복직에는 실패했어도 산드라의 투쟁은 유의미한 일이었다. 내가 혼자가 아니라는 것, 위태로운 순간 내 편에서주는 사람들이 있다는 것을 알게 됐으니까.

"여보, 우리 잘 싸웠지? 나 행복해."
이틀간의 짧고 긴 싸움을 끝낸 산드라는 남편에게 고백하듯 한마디를 건넨다. 어쩌면 산드라에게 필요했던 것은 복직 그 자체보다는 자신을 지지해주는 사람이 있다는 믿음이었을지 모른다.
그날 이후로 동료와 나는 힘든 일이 있는지 서로 확인하는 사이가 됐다. 한 사람이 힘들어하면 다른 사람이 대신 일을 해주기도 하고, 문득 고개를 돌렸을 때 동료가 바빠 보이면 도와줄

게 없는지 묻기도 하고.

여전히 계속되는 야근과 쏟아지는 업무에 몸은 고되지만 마음은 든든하다. 앞으로 이보다 더한 시련이 있어도 동료와 함께 이겨내면 된다. 복직에 실패하고도 남편에게 '행복하다'고 말하던 산드라의 미소를 따라 한 번 더 웃어본다.

내일을 함께해줄 사람이 있어 행복한 오늘

# 23

## 마침표를 찍기 전에 할 일

### 류이치 사카모토: 코다

**(2017)**

**"**

언제 죽더라도 후회 없도록

부끄럽지 않은 것들을

좀 더 남기고 싶어요.

**"**

아직 살아갈 날이 많다고 생각해서인지 내 인생의 끝을 생각해보지 않았다. 병에 걸릴지도 모른다는 불안에 에너지를 소모해본 적도 없다. 하지만 불청객은 제멋대로 찾아오는 법. 류이치 사카모토의 말을 빌리면 '100만 분의 1의 확률'로 생각지 못한 일이 불시에 찾아온다. 나는 조금만 더 늦게 발견했다면 시력을 잃었을지도 모를 눈병에 걸린 적이 있다. 무사히 완치가 되어 다행이었지만, 순간의 고통은 온갖 생각을 하게 만들었다. 나의 코다(Coda)는 어떻게 장식해야 할까. 사카모토는 가까워졌던 자신의 코다를 '전환점'으로 만들었다.

코다는 음악 용어로 악곡이나 악장에서 종결을 위해 마지막을 장식하는 부분이다. 아티스트로서 최고 위치에 올라서 있던 그는 인후암 3기라는 진단을 받는다. 쉬지 않고 일해왔던 사카모토는 이후 모든 활동을 중단하고 휴식을 취한다. 20대에 데뷔한 후 처음으로 악보에 쉼표만을 남겨놓게 된 것이다. 〈류이치 사카모토: 코다〉는 이렇게 활동을 중단했던 사카모토가 평소 존경하던 감독의 영화음악 의뢰를 받고 다시 작업을 시작하면서 새 앨범을 준비하는 과정을 담고 있다.

나라면 큰 병에 걸렸다는 절망감에 매일을 우울의 늪에 빠져 있었을 것이다. 하지만 사카모토는 '언제 죽더라도 후회 없도록 부끄럽지 않은 것들을 남기고 싶다'고 말한다. 그리고 치료를 위한 휴식을 시작한 지 1년 만에 이전의 작업을 모두 백지화한 채 다시 새로운 출발선에 선다.

소멸과 탄생은 떼려야 뗄 수 없다. 그간의 작업물을 소멸시킨 그는 막연하지만 원하던, 해내고 싶은 일 중 하나를 시작한다. 음표만 가지고는 표현하기 어려운 음악. 사카모토는 자연의 소리에 주목한다. 새가 지저귀는 소리를 가만히 들어보기도 하고, 머리에 큰 바구니를 쓴 채 빗방울이 떨어지는 소리를 듣기도 하고, 숲을 거닐다 발밑에서 들려온 나뭇잎이 바스락거리는 소리를 채집해 그것을 음악으로 만들어내기도 한다. 암에 걸린 그가 원하는 음을 발견했을 때 아이처럼 즐거워하던 표정이 생각난다. 언제 죽을지 모를 몸으로도 새로운 음 하나에 아이처럼 즐거워할 수 있다는 건 음악을 진실로 사랑해야 가능하지 않을까?

"우리는 날마다 소리에 둘러싸여 살지만, 보통은 그런 소리들을 음악으로 생각하지 않아요. 하지만 귀 기울여 들어보면 재밌어요. 음악적으로도 흥미롭고. 그 소리들을 내 음악에 넣고 싶어요. 거기에 악기와 외부 소리를 더해서 뭔가 더 하나 된 음향을 만들고 싶어요."

〈마지막 황제〉라는 영화의 OST 작업으로 아카데미, 골든글로브, 그래미를 석권한 바 있는 사카모토에게 새로운 도전은 불필요했을지 모른다. 이미 경지에 올라서 있으니까. 하지만 그는 음악의 본질을 고찰하고 자신이 구현하고자 하는 음악을 세상 속에서 끊임없이 찾아다녔다. 그리고 사카모토 인생의 코다는 그에게 새로운 음악의 탄생을 가져다주었다.

좋아하는 일을 한결같이 진실된 마음으로 하기란 쉬운 일이 아니다. 나는 그동안 어떤 마음으로 '좋아하는 일'을 했었나. 거짓된 마음으로 그렸던 그림들이 머릿속을 스쳐 지나간다. 별로 내키지 않지만 반응이 좋아서 그린 그림도 있고, 사람들에게 보여주기 싫었지만 어쩔 수 없이 공개했던 그림도 있다. 모두 '그리고 싶어서, 좋아서 그린 그림인 척'하면서.

사카모토는 막연하더라도 자신이 원하고 해내고 싶은 일을 시작했다. 영화를 보는 동안 내가 그림을 그리면서 원하던 것, 해내고 싶었던 것이 무엇이었는지 잊고 지냈음을 깨달았다. 많은 사람에게 공감을 얻는 것도 좋은 일이지만, 내가 그림을 그리기 시작했던 이유는 살아가면서 떠오르는 생각들을 시각화하기 위해서였다. 진정 그리고 싶은 그림만 그린다면 사람들이 공감을 잃고 떠나갈지도 모르지만, 내가 그림을 언제까지 그릴 수 있을지 알 수 없으니 늦지 않은 때에 시작하고 싶다. 후회 없이 코다를 그려내기 위해.

# 24

# 외면하고 있던 나

## 하나 그리고 둘
(2000)

**66**

우리는 반쪽짜리 진실만 볼 수 있나요?
앞만 보고 뒤를 못 보니까
반쪽짜리 진실만 보이는 거죠.

**99**

내가 미용실 의자에 앉아서 내뱉는 첫 마디는 항상 동일하다.

"최대한 손이 덜 가는 스타일로 해주세요."

머리를 손질하는 일에 영 재주가 없기도 하고, 꾸미는 일에 관심이 없어서 그렇다. 그래도 용모 단정한 인상을 주기 위한 정도의 노력은 한다. 크게 신경 쓰지 않아도 단정해 보이도록 짧은 길이를 유지하고, 아침에 드라이어를 가지고 씨름하는 일이 없게 약간의 웨이브를 넣는다. 그럼 한동안은 머리에 신경 쓰지 않고 생활할 수 있다.

문제는 머리카락이 자라는 속도가 빨라서 목에 닿지 않는 길이로 잘라도 금방 어깨에 닿고 만다는 것이다. 이 시기가 다가오면 머리끝이 사방으로 뻗쳐 엉망이 된다. 하지만 나는 그 사실을 모르고 상당 시간을 보낸다. 누군가 말해줘야만 알 수 있는 나의 뻗친 뒷머리. 내가 알고 있는 내 모습은 단정한 앞모습뿐이라, 나는 누군가가 진실을 말해주기 전까지 아무것도 모른 채 하루를 보낸다. 우리는 본 것만을 진실로 믿는다.

이렇게 앞만 보고 뒤를 못 보니까 반쪽자리 진실만 본다고 하는 아이가 있다. 〈하나 그리고 둘〉의 양양은 뭐든지 직접 보고 느낀 것만을 진실이라고 여기는, '보이는 것'이 전부라고 믿는 아이다.


영화는 양양의 외삼촌인 아디의 결혼식에서 시작한다. 아디와 샤오옌은 아이를 가졌으면서도 몇 달을 기다려 1년 중 가장 운이 좋다는 날에 결혼식을 올린다. 하지만 길일이라는 그날에 아디의 전 연인이 식장에 찾아와 소란을 일으키고, 몸이 편찮았던 할머니는 결국 정신을 잃고 쓰러진다. 어렵게 잡은 결혼식은 '길일'이 무색하게 엉망이 된다.

할머니가 쓰러지면서 가족들의 삶은 요동치기 시작한다. 가정을 돌보면서도 회사에서 능력을 인정받는 사원인 엄마 민민은 매일 반복되는 간병과 회사 업무에 지쳐 집을 떠나 절에 들어가고, 가정적인 아빠 NJ는 회사 일로 출장을 갔다가 다시 만난 첫사랑 셰리와 데이트를 하며 마음이 흔들린다. 길일에 결혼식을 올리는 데 성공한 아디는 결혼만 했을 뿐 혼전 임신으로 가진 아이는 이름도 없이 키우고 있고, 돈 문제로 매일이 시끄럽다. 사주에 집착하는 성격인 아디는 자신의 사주가 안 좋아 이렇게 사는 것이라고 생각한다. 겉으로 보기에는 완벽한 모범생인 누나 팅팅은 자신이 쓰레기를 버리러 간 사이 쓰러진 할머니를 살피지 못했다는 죄책감과 전 남자친구 패티와의 관계로 속앓이를 한다. 패티는 원래 이웃집 친구 리리의 남자친구였고, 자신과 잠시 교제한 후 얼마 지나지 않아 다시 리리에게 돌아갔기 때문이다. 그럼에도 팅팅은 패티와 잘 지내려고 노력하지만, 역으로 화를 내는 패티의 모습에 상처 받는다.

겉과 속이 다른 가족 구성원들은 혼수상태에 빠진 할머니에게 각자의 말 못할 사정들을 털어놓는다. '양양을 제외하고'. 양양은 할머니가 자신의 목소리를 '보지 못하기 때문에' 고백하지 않는다.

보이는 것만을 믿는 양양은 왜 내가 아는 진실과 다른 사람이 아는 진실이 다른지, 내가 바라보는 시선과 다른 사람이 보는 시선이 다른지 이해할 수 없다. 아빠 NJ는 그래서 카메라가 필요한 것이라고 답한다. 그때부터 양양은 카메라로 사람들의 뒷모습을 담기 시작한다. 혼자서는 뒷모습을 보지 못하니 자신이 찍어서 알려주겠다는 것이다. 자신이 진짜 바라봐야 하는, 외면하고 싶어 숨겨둔 마음. 앞모습과 다른 뒷모습도 살펴봐야 한다는 사실을. 양양은 할머니 장례식장에서 말한다.

"할머니, 전 모르는 게 많아요. 제가 나중에 커서 뭘 하고 싶은지 아세요? 사람들에게 그들이 모르는 걸 알려주고 볼 수 없는 걸 보여주고 싶어요. 그럼 날마다 재밌을 거예요."

사실 뒷모습에서만 볼 수 있는 나의 뻗친 머리는 사람들에게 밝히지 않는 '이중생활' 때문이다. 낮에는 회사에서 디자이너로, 밤에는 일러스트레이터로 생활하느라 나를 돌볼 시간이 없다는 게 여실히 드러나는 뻗친 머리.

체력을 회복하지 못한 채, 피곤함을 외면한 채 살아가는 나의 뒷모습을 알게 된 후로는 뻗친 머리가 매일 신경 쓰였다. 괜히 뒷머리를 계속 만지작거리고, 주변 사람들에게 내 머리 이상하지 않냐고 묻기도 하고. 내 '뻗친 머리'처럼, 우리는 누구나 앞모습과 또 다른 모습을 뒷모습에 숨기고 있다. 뒷모습을 찍어서 보여주는 양양 같은 사람이 주변에 있다면 어떨까? 몰라서 혹은 모르고 싶어서 그냥 지나쳤던 그 순간이 우리의 내일을 바꿀 수 있을까. 궁금해하며 또 한 번 뒷머리를 만져본다.

"왜 우리는 처음을 두려워하죠?
매일이 인생에서는 처음인데요.
우리는 결코 같은 날을 두 번 살지 않아요."

# 25

# 소유라는 단어는 물건에만 붙일 것

## 그녀
### (2014)

**"**

I'm yours

and

I'm not yours.

(나는 너의 것이지만 너의 것이 아니기도 해.)

**"**

내 얼굴도 모르는 사람이 내게 호의를
표한다. 좋은 일이 있다고 말하면 함께 기뻐해주고, 힘들다고 말
하면 자신의 경험담을 들려주며 위로한다. 오로지 손바닥만 한
직사각형 기계에서만 마주할 수 있는 그. 누군가 그 사람에 대해
물어보면 고작 이름밖에 말할 수 없는 텍스트만으로 마음을 나
누는 사이였지만 기계 밖 사람들보다 더 끈끈한 관계가 됐다.

　"동네 친구도 아니고 대학교 동기도 아닌데, 아무튼 정말 친
한 친구야."

　그는 인스타그램을 통해 친해진 사람이었다. 솔직히 실존하
는 인물이 아니라고 생각하려면 그럴 수도 있는 존재였다. 모르
는 사람을 쉽게 믿기 힘든 세상에서, 얼굴도 모르는 사람에게 무

조건적인 호의를 베푸는 게 얼마나 어려운 일인가. 하지만 그는 언제나 따뜻했고 진심이었다. 내가 맞추려 애쓰지 않아도 언제나 내게 맞춰주는 사람이 있다는 게 신기했다. 모든 관계는 서로 맞춰나가야 유지되는 법 아닌가. 엄청나게 발전한 인공지능이 내게 좋은 말만 해주라는 입력을 받고 그 지시에 따라 출력을 하는 게 아닌가 싶을 정도였다. 이런 생각을 하게 된 건 때마침 그가 가장 좋아하는 영화가 〈그녀〉라는 사실을 알게 되어서였다. 영화 속 주인공 테오도르는 인공지능 사만다와 감정적 교류를 나누었으니까.

다른 사람의 편지를 대필해주는 일을 하는 테오도르. 행복을 전달하는 직업을 가졌지만 정작 자신은 전혀 행복하지 않은 상태. 아내 캐서린과는 1년째 별거 중으로 결혼 생활에 마침표를 찍을 시간이 왔음을 느끼고 있었다. 캐서린은 어린 시절부터 자신과 함께하며 성장한 친구였고 모든 것을 공유한 사이였음에도 끝내 관계가 어긋났다. 사람과의 관계에 지쳐 외로움에 몸부림치던 테오도르는 맞춤형 인공지능 운영체제 '사만다'를 구입한다.

소유라는 단어는 물건에만 붙일 것

"당신의 말에 귀 기울이고 당신을 이해하고 당신을 아는 직관적 실체죠. 단순한 운영체제가 아닙니다. 이것은 또 하나의 의식입니다. 소개합니다. OS1."

자신의 이야기를 귀 기울여 들어주고 누구보다도 잘 이해해주는 사만다에게 테오도르는 사랑이라는 감정을 느낀다. 삭막했던 테오도르의 삶에는 행복함이 넘쳐나기 시작한다. 그는 셔츠 주머니에 카메라 렌즈가 보이도록 기기를 넣고 다니며 사만다와 같은 풍경을 바라보고 사만다와 함께 거리를 거닌다. 테오도르는 사만다를 자신의 연인이라며 정식으로 소개하기도 하고, 친구와 함께 더블데이트를 즐기기도 한다.

그와 나 역시 테오도르와 사만다처럼 실제로는 단 한 번도 만난 적이 없었지만 서로에게 일어나는 일을 상세하게 알고 있었다. 언제나 품에 지니고 다니는 핸드폰으로 일상을 공유하는 건 아주 쉬운 일이었다. 하루 종일 만나서 노는 것처럼 즐거웠고, 자꾸만 피식피식 웃음이 흘러나왔다. 웃음의 빈도가 잦아질수록 핸드폰에 매달리는 시간이 길어졌다. 상대방의 답장이 조금 늦어지거나 내가 현실에 얽매여 확인을 늦게 하게 되면 불안

했다. 대화의 공백이 길어지는 만큼 그와의 거리가 조금씩 멀어지는 기분이 들었다. 끊임없이 친밀한 우리 사이를 확인하고 싶었던 거다. 내가 그와 정말 친한 친구임을 명백히 하기 위해.

'지금처럼 영원히 행복하게 살았습니다' 하고 끝나면 좋을 텐데 현실은 그렇지 않다. 테오도르는 아내와 헤어지기로 결심하고 사만다의 존재를 밝히지만, 황당해하는 아내의 반응을 보고 결국 자신이 사랑한 것이 실체가 없는 운영체제라는 것에 회의감을 느낀다. 사만다와 사랑을 나누는 일도 더 이상 즐겁지 않다. 그러나 이런 권태기 아닌 권태기를 보내고 난 후에는 마침내 사만다를 진정한 애인으로 받아들이고 행복한 연애를 지속한다.

언제나 가장 큰 문제는 '그러던 어느 날' 발생한다. 갑자기 운영체제가 작동하지 않아 패닉에 빠진 테오도르는 사만다를 찾기 위해 사방팔방 돌아다닌다. 마침내 다시 사만다와 연결되었을 때, 그는 자신의 눈앞에 펼쳐진 광경에 넋을 잃는다.

전철역 계단을 오르내리는 수많은 사람들이 모두 운영체제와 이야기하고 있었다. 테오도르는 사만다에게 묻는다. 지금 다른 사람들과도 대화하고 있냐고. 사만다는 8,316명의 사람과 동시에 대화 중이고 그중 641명의 사람과 사랑하는 중이라고 대답한다.

사랑뿐 아니라 타인과 인연을 맺는 모든 관계에서 우리는 상대방이 내게 오롯이 집중해주길 바란다. 다른 사람과 시간을 보내느라 내 연락을 늦게 확인하는 상대방의 모습을 볼 때면 서운한 마음도 생긴다. 저 사람은 나만큼 내게 집중하지 않는구나.

테오도르와 사만다의 사랑은 그렇게 끝이 난다. 사만다는 말한다. 사람 마음은 상자 같은 게 아니라서 다 채울 수 없다고, 사랑할수록 마음의 용량은 커지는 거라고, 나는 당신과 다르지만 그게 당신을 사랑하지 않는다는 뜻은 아니라고, 테오도르는 이해할 수 없었다.

"너는 내 것이야, 아니야?"

"난 너의 것이지만 너의 것이 아니기도 해."

사만다는 테오도르에게 맞춰나갈수록 어딘가에 갇혀버리는 느낌이 들었고 빠르게 정보를 습득하는 운영체제의 특성 탓에 점점 더 혼란을 느끼다 결국 업데이트를 통해 그를 떠난다.

누군가와 '정말 친해졌다'는 느낌이 드는 시점에 한 번쯤 하게 되는 생각이 있다. '아, 이제 이 사람은 내 사람이야.' 어렸을 때부터 단짝이라는 존재가 우리에게 얼마나 소중한지 생각해 보면 된다. 내 짝, 내 편. 그렇다고 해도 그 사람이 내 소유가 되는 것은 아니다. 그 사람은 내 짝이고 내 편이지만 소유할 수 있는 존재는 아니라는 뜻이다. 사만다는 돈만 내면 구입할 수 있는, 소유할 수 있는 운영체제였지만 마음을 공유하는 대상이 아니라 마음을 공유하는 행위에 초점을 맞춰야 했다. 나한테만 완벽히 맞출 수 있는 감정적 교류는 없다.

　나는 얼굴은 몰라도 그 어떤 지인만큼이나 친하다고 생각했던 그와의 관계를 테오도르와 비슷하게 끝내버렸다. 하루 종일 연락을 하고 모든 것을 공유하며 일상의 영역을 크게 내어준 관계는 소모적이었다. 내게도, 상대방에게도 다른 관계들이 있으니 잠시 멀어지는 시간도 필요했을 텐데 그 시간을 서로 의심했다. 나랑 연락하면서 다른 사람과 동시에 연락할 수도 있는데, 그래서 연락이 잠시 늦어질 수도 있는데 말이다. 잠시 연락이 끊긴다고 우리의 마음까지 끊기는 게 절대 아님에도 그때는 지속적으로 연락하는 행위만을 중요하게 생각했던 것 같다. 우리가 감정을 나누는 친구가 되었다는 사실, 그거 하나면 됐는데.

　　　　　　소유라는 단어는 물건에만 붙일 것

테오도르는 사만다를 떠나보내고 감정적으로 성장한다. 사랑은 모두 끝나버렸지만 테오도르는 그 끝맺음에서 아내 캐서린과 어긋났던 이유를 찾게 되고 자신의 깨달음을 담은 편지를 쓴다. 자신이 기계적으로 대필하는 편지와는 다른 진짜 감정을 담은 편지를.

캐서린에게,

나는 여기 앉아서 네게 사과하고 싶었던 것들에 대해 생각하고 있어.

우리가 서로에게 상처 주었던 것들, 너를 내게 맞추려고만 했고 너를 탓하기만 했던 모든 것들에 대해, 정말 미안해.

나는 앞으로도 늘 너를 사랑할 거야, 우린 함께 자랐고 네가 나라는 사람을 만들었으니까. 그냥 내 속에 네가 언제나 한 부분으로 자리할 거라는 걸 알아줬으면 해. 그리고 난 그 사실에 감사해.

네가 어떤 사람이건, 네가 세상 속 어디에 있건, 네게 사랑을 보낼게.

너는 언제까지라도 내 친구일 테니.

사랑을 담아, 테오도르가.

관계의 끝에서 우리는 end가 아닌 and에 집중해야 한다. 그 관계를 통해 내가 어떤 사람이었는지 돌아보고 앞으로 어떤 관계를 만들어나가야 할지 생각해보는 것이다. 끝나버린 인연의 좋았던 시간들은 마음 한편에 남겨둔 채.

소유라는 단어는 물건에만 붙일 것

# 26

행복하게 살아가는 법을 아는

## 찬실이는 복도 많지
(2019)

66

저요,
사는 게 뭔지
진짜로 궁금해졌어요.
그 안에 영화도 있어요.

99

복에는 여러 종류가 있지만 나는 '쉼'과 관련된 복이 극단적으로 없다. 없어도 이렇게 없을 수 있나 싶을 만큼 없다. 잠과 휴식을 포기해야 할 정도로. '아, 오늘은 웬일로 일이 별로 없네! 여유 있게 일할 수 있겠다!' 하면 갑작스레 감당 못할 양의 일이 쏟아지고, 하던 일이 끝나가서 마음을 느슨히 풀어두면 기다렸다는 듯 새로운 일이 시작된다. 삶의 패턴이 이렇게 반복되다 보니 항상 마음이 불안하고 피곤을 달고 사는 사람이 됐다. 오죽하면 친구들이 농담 반 진담 반으로 '전생에 큰 죄를 저질러서 고통받는 거 아니냐'고 하는데 나도 같은 생각을 한 적이 있을 정도다. 그래서 〈찬실이는 복도 많지〉라는 영화 제목을 봤을 때 찬실이는 무슨 복이 많을지 궁금했다.

하지만 제목과는 달리 찬실이는 딱히 복이 있어 보이지 않는다. 영화 프로듀서인 찬실은 자신과 오랜 시간 함께 일한 감독과 신작 작업을 앞두고 있었다. 그런데 촬영을 앞두고 돌연 감독이 사망하면서 준비 중이던 영화가 엎어진다. 자신이 몸담고 있던 제작사는 찬실이 다른 감독과 일해본 적이 없고 그동안 함께했던 감독의 영화가 모두 예술영화였다는 이유로 찬실이를 해고한다. '그런 영화는 어느 프로듀서와 일해도 상관없다'면서. 나름대로 인정받는 프로듀서였던 찬실은 한순간에 자신의 쓸모를 부정당하고 직업을 잃는다.

자신이 가장 사랑하는 영화를 위해 젊은 날들을 다 바쳤는데, 찬실에게 남은 건 아무것도 없었다. 영화가 곧 삶이었기에 영화를 잃은 찬실은 삶의 이유도 잃는다. 그것만으로도 눈물이 나는데 찬실이는 직업만 없는 게 아니라 집도 없고 돈도 없다. 찬실은 용달차도 올라가기 힘든 산꼭대기 단칸방으로 이사를 하고, 내 돈은 내가 벌어서 써야 한다며 자신과 친한 배우 소피의 가사 도우미 일을 시작한다.

찬실의 삶은 남 일 같지 않았다. 자칭 타칭 워커홀릭이라는

행복하게 살아가는 법을 아는

내가 평일에도 일, 주말에도 일뿐인 내가 일을 잃는다면 전부를 잃는 것이었다. 일이 사라지면 삶의 이유가 사라진다. 아무리 힘들어도 나는 일이 좋다. 성취감을 중요하게 생각하는 내게 일을 통해 인생의 목표를 이뤄내는 건 지금껏 내가 살아온 이유의 전부였다.

삶의 이유를 잃은 찬실의 현실은 우울하다. 그래도 찬실은 다시 씩씩하게 앞으로 나아간다. 그 과정에서 여러 사람들을 마주하게 되고, 그들과 함께하는 시간 속에서 삶의 자세를 다시 생각해보게 된다.

먼저 근심 소, 피할 피의 소피. 그는 악플을 봐도 그 충격이 하루면 끝이다. 무엇이든 잘 잊는다. 소피의 프랑스어 선생님이자 찬실이 짝사랑한 단편영화감독 김영은 영화를 위해 유학을 다녀왔음에도 영화가 인생의 전부는 아니라고 말한다. 영화보다 소중한 게 많아서 영화 없이도 살 수 있다는 것이다. 사람들과 맺는 우정이나 사랑하고 사랑 받는 일들이 그에게는 더 소중하다. 글공부를 도우며 가까워진 찬실의 집주인 할머니도 찬실이 삶을 대하는 자세를 바꿔준다.

"나는 오늘 하고 싶은 일만 하면서 살아. 대신 애써서 해."

오늘이 아닌 평생을 생각하며 살아온 찬실에게는 할머니의 말씀이 마음에 콕 박힌다.

집주인 할머니 집에서 만난 미스터리한 인물 장국영은 찬실에게만 보이는 존재로 정확히 말하면 사람이 아니고 영혼이다. 그는 아마도 영화를 향한 찬실의 마음이 그려낸 존재일 것이다. 찬실이 영화를 완전히 포기하기 위해 그동안 애써 모은 영화 잡지를 버리려 할 때, 장국영은 방 안에 쭈그려 앉아 엉엉 울며 정말 영화를 그만둬도 괜찮겠냐고 묻는다. 찬실은 영화를 그만두려는 마음 한구석에 영화를 포기하고 싶지 않은 마음을 품고 있었던 것이다.

자신이 평생 함께할 존재라 생각했던 것을 제 손으로 떼어내기란 너무나도 힘든 일이다. 나도 만성 피로에 번아웃 직전이 될 만큼 지쳐버려 그림을 떠나보내려 한 적이 있다. 미련 없이 떠나보내자고 다짐했지만 쉬운 일이 아니었다. 몇 번을 돌고 돌았는지 모른다. 이 일을 위해 보낸 지난 시간들이 자꾸만 떠올랐고 아른거렸다. 힘들었어도 진심으로 좋아했으니까.

행복하게 살아가는 법을 아는

결국 찬실은 마음을 다잡고 다시 영화를 시작하기로 결심한다. 버리기 위해 내놨던 잡지를 다시 수거하는 찬실을 본 장국영은 기쁨을 감추지 못한 채 잡지 정리를 돕는다. 찬실은 소피의 집에서 일하는 날을 일주일에 두 번으로 줄이고, 나머지 시간은 영화 일을 하기로 한다. 무려 감독으로 데뷔하기 위한 시나리오 작업이다. 장국영은 영화 일을 재개한 찬실의 모습이 '예쁘다'고 말해준다. 다만 이제 찬실은 예전처럼 영화가 삶의 전부라고 말하지 않는다. 영화만 꿈꾸기에는 너무 목이 마르다.

"목이 말라서 꾸는 꿈은 행복이 아니에요. 저요, 사는 게 뭔지 진짜로 궁금해졌어요. 그 안에 영화도 있어요."

착실하게 일을 하고 결실을 맺는 것이 내가 행복을 추구하는 법이라 생각했는데, 다양한 사람들을 만나고 그들의 이야기를 들으면서 성장하는 찬실이를 보며 내 가치관에도 변화가 생겼다. 일을 하고, 목표를 달성하고, 꿈을 이루는 것만이 인생의 전부는 아니다. 그동안의 내 모습을 완전히 부정하고 싶지 않고 분명 유의미한 삶을 살아왔다고 생각하지만 평생을 그렇게 버티며 살 수 있냐고 자문해보면 '아니요'라는 대답이 나온다.

과거의 나는 일을 통한 성취가 인생에서 제일 중요했기 때문에 오로지 목표 달성만을 위해 살았다. 결과를 이뤘을 때의 나를 떠올려보면 쌓인 피곤을 풀기만도 바빠 정작 행복을 느낄 새는 없었던 것 같다. 꿈을 꾸더라도 나를 갉아먹으며 사는 일은 두 번 다시 하지 않을 것이다. 발버둥 치고 애쓰는 삶이 아닌, 천천히 걸어나가며 오늘 내가 '하고 싶은 것, 보고 싶은 것, 듣고 싶은 것'에 집중하며 살아가는 행복을 위해.

그러고 보면 내게 쉴 복은 없지만 어떻게 살아야 하는지 아는 복은 있나 보다. 과거의 나처럼 자신에게 복이 없다고 생각하는 사람들에게 이 영화를 함께 보자고 말하고 싶다.

행복하게 살아가는 법을 아는

## 수록 영화 정보

수록 영화 정보

*14* 빌리 엘리어트(2000) | 배급 그린나래미디어(주)
감독 스티븐 달드리 출연 제이미 벨, 줄리 월터스, 게리 루이스, 제이미 드레이븐 외

*15* 걸어도 걸어도(2008) | 수입/배급 영화사 진진
감독 고레에다 히로카즈 출연 키키 키린, 아베 히로시, 나츠카와 유이, 하라다
요시오 외

*16* 할머니의 먼 집(2015) | 제작 영화사 연필 배급 KT&G 상상마당
감독 이소현 출연 박삼순, 이소현, 장춘옥, 장춘기 외

*17* 원더(2017) | 수입/배급 그린나래미디어
감독 스티븐 크보스키 출연 제이콥 트렘블레이, 줄리아 로버트, 오웬 윌슨, 이
자벨라 비도빅 외

*18* 칠곡 가시나들(2018) | 제작 단유필름 배급 인디플러그, 더피플
감독 김재환 출연 박금분, 곽두조, 강금연, 안윤선 외

*19* 앙: 단팥 인생 이야기(2015) | 수입/배급 그린나래미디어
감독 가와세 나오미 출연 키키 키린, 나가세 마사토시, 우치다 카라, 이치하라
에츠코 외

*20* 집의 시간들(2017) | 제작 김지은 배급 KT&G 상상마당
감독 라야 출연 김채순, 함동산, 정혜숙, 윤원준 외

*21* 프란시스 하(2012) | 수입/배급 그린나래미디어(주)
감독 노아 바움백 출연 그레타 거윅, 믹키 섬너, 그레이스 검머, 아담 드라이버 외

수록 영화 정보

KI신서 9092
인생에서 정지 버튼을 누르고 싶었던 순간들

**1판 1쇄 인쇄** 2020년 4월 27일
**1판 1쇄 발행** 2020년 5월 13일

**지은이** 이민주(무궁화)
**펴낸이** 김영곤 **펴낸곳** (주)북이십일 21세기북스
**출판사업본부장** 정지은
**뉴미디어사업팀장** 조유진 **뉴미디어사업팀** 나다영 이지연
**디자인** 형태와내용사이
**영업본부장** 한충희 **영업팀** 김수현 오서영 최명렬
**마케팅팀** 배상현 김윤희 이현진
**제작팀** 이영민 권경민

**출판등록** 2000년 5월 6일 제406-2003-061호
**주소** (10881) 경기도 파주시 회동길 201(문발동)
**대표전화** 031-955-2100 **팩스** 031-955-2151 **이메일** book21@book21.co.kr

**(주)북이십일 경계를 허무는 콘텐츠 리더**

21세기북스 채널에서 도서 정보와 다양한 영상자료, 이벤트를 만나세요!
**페이스북** facebook.com/jiinpill21 **포스트** post.naver.com/21c_editors
**인스타그램** instagram.com/jiinpill21 **홈페이지** www.book21.com
**유튜브** youtube.com/book21pub

**서**울대 **가**지 않아도 들을 수 있는 **명강**의! 〈서가명강〉
유튜브, 네이버, 팟빵, 팟캐스트에서 '**서가명강**'을 검색해보세요!

ⓒ 이민주, 2020
ISBN 978-89-50987-77-0 03810